松岡沙鷗

火燼

「宗麟と博多屋宗伝」

●カバー・扉画＝久富正美

火燼——宗麟と博多屋宗伝◉目次

秀吉の野望 …… 9
商人・博多屋宗伝 …… 33
宗麟と秀吉 …… 45
邂　逅 …… 77
元就の侵攻と筑前争乱 …… 93
榾　柴 …… 127
島津動く …… 163
岩屋城の戦い …… 173
轟　音 …… 193
豊後崩壊 …… 209
火　燼 …… 239
あとがき 247
小説『火燼』まで　山田幸平 261

火燼　宗麟と博多屋宗伝

秀吉の野望

博多屋宗伝《そうでん》は前の晩、帰りが遅くなったこともあって、日頃になく朝寝した。目を覚ますと部屋の障子に朝日が翳《かざ》していた。庭で小鳥たちのけたたましい鳴き声が聞こえる。東の仁《にん》徳《とく》御陵から飛んで来て、庭の木の実をついばむ鳥たちの声だ。床の間の南蛮時計はもう巳の刻（午前十時）を回っている。宗伝は布団の中で大きく伸びをして眠気を払った。廊下に足音が聞こえる。宗伝を起こしに来るお艶の足音に気付くと、宗伝は布団を蹴って起き上がった。

「お前様、お目覚めでござりましたか。朝湯の支度が出来ております。夕べは遅うございましたから、お疲れでござりましょう。お館様の船がそろそろ港に入る頃になりました。もう着替えなさりませぬと……」

と、お艶が襖を開けて声を掛けた。

お艶がお館様と言ったのは、宗伝が仕えている豊後の大名・大友宗麟《そうりん》である。お艶は宗伝が堺の町の南、南宗寺の裏手にある乳守《ちもり》の妓楼《ぎろう》で見かけて馴染みとなり、二年前に身請けした遊女である。堺周辺の落ちぶれた国侍の娘であったということだが、お艶が自分の素性を語ることがないので、宗伝は今もって彼女の生立ちを知らない。ぽってりとした肉付き、肌《き》理《め》の細かい色白の肌、中高《なかだか》な男好きのする顔の女である。

宗伝が身請けしたのは縹緻《きりよう》もさることながら、茶の道の作法、客のあしらいが上手で、心掛けが良いところが気に入ったからである。お艶を家に入れるまで、宗伝は自分の店に女主人のいないことで来客の接待に困って、店を切り盛りするしっかりした女手が欲しいと思っていた。それまで宗伝の店は、博多から連れてきた番頭の佐吉、手代の和吉と堺で雇い入れた荷造り、使い走りの丁稚が二名、飯炊きの老婆と女中の所帯だった。お艶が店に来てからというものは、店の雰囲気はがらりと変わり、客も増え店は繁盛した。

宗伝がお艶を身請けした当時、お艶は二十三歳で、遊女としては盛りを過ぎていた。宗伝が身請けしたいと言い出すと、店のあるじは長年、店のために働いたお艶の落ち着き先を探していたこともあって一、二もなく応じた。もちろん、身請けにはそれ相当の金がいった。その時、あるじは「この娘はふた親をなくし今は天涯孤独でござります。末永く可愛がってやってください」と宗伝に頼んだ。お艶も長年の馴染みの宗伝に心惹かれていたので、喜んでその話に乗った。お艶は宗伝の店に住み、女房代わりに親身に宗伝の世話をするようにになった。

宗伝は四十二歳になる。堺に住み着いてもう七年になる。

昨日、宗伝は午後から開かれた大安寺の茶会に出席し、その後、天王寺屋の道叱《どうしつ》の所に回って夜遅く帰ってきた。宗伝は朝風呂に入って、お艶に背中を流させながら、昨日の茶会での話を思い出していた。

茶会は堺商人たちの社交場であると同時に、商売をまとめ、情報を入手する所でもある。さりげなく話される商人たちの話から、貴重な政治情報をつかみ、次にどんな商品を買っておけば儲かるか算段し、諸大名の注文の品を茶会に集まった商人仲間から調達する商談の席でもある。

「この度、松井有閑《ゆうかん》様が代官をお辞めになって、堺が南と北に分けられ、石田三成様と小西隆佐《りゅうさ》様のご両人が後任の代官になられるということでござりますなあ……」

という商人たちの話が宗伝の耳に入った。

「いよいよ関白様のご時世になります。松井有閑様は信長様から代官に任命されたお方でござります。関白様は信長様の息の掛かった方たちを次々と整理なさいます」

「石田三成様と申せば、我々商人よりも利に長《た》けたお方と聞いております。あの方が代官になられますと、我らの商売の妙味が減り、利が薄くなることでござりましょう。あの方が関白様に抜擢なされましたのは、琵琶湖や淀川で、近江や山代の百姓たちがそれまでただで葦《あし》や蘆《よし》を刈っていたのを、冥加金《みょうがきん》を取り立てなさる御法度《ごはっと》をお作りになり、関白様の政所《まんどころ》を潤すようになったからだという話でござります。あの方が代官の職にお就きになりますと、この堺から金集めの方法を新たにお考えになりましょう」

「しかし小西隆佐様のご出世は目覚ましいものでござりまするなあ……。ご子息の小西行長様が根来《ねごろ》攻めでたいそうな働きをなさりましたから、ゆくゆくは大名にお取り立てになりましょう」

「近々、関白様は九州に兵を動かすということでござりますなあ……。九州の征討が出来ればこの国の統一が近付いてまいります。我らの商圏も拡がりましょう。有り難いことではござりませぬか」

「ところで、関東の方は如何でござりましょう」

「関東の方は徳川様を通じて交渉してござります。龍造寺隆信《りゅうぞうじたかのぶ》が島原で島津に討ち取られてからというものは、九州は大友、島津、龍造寺の均衡が破れ、今では一触即発の状況です。関東の北条より、島津と大友の対立が続いている九州の方が先だと、関白様はお考えとのことでござります。何しろ四国の長宗我部元親《ちょうそかべもとちか》殿が降伏なさいましたから、九州の方が早く片付きましょう。戦が始まれば鉄砲・火薬の荷動きが活発になります。堺の商人には絶好の金儲けの機会がまいりましょう。それまで、石田様、小西様のご機嫌を損ねぬように、あの方たちの無理を聞いておかねばなりませぬ」

昨日の茶会で、このような話が宗伝の耳に入った。それがひとしきり続いて、宗伝が出席しているのに気付いた商人たちが、宗伝の周りに寄ってきた。堺の商人たちは宗伝のことを、その屋号の博多屋から、博多商人の島井宗室《そうしつ》の仲間と知っている。

摂津屋の嘉平が宗伝の所にやって来た。

「博多屋さん、関白様の九州征討が始まりますと、博多屋さんはご商売がいよいよ忙しくおなりになりましょう。手前どもでは鉄砲、火薬、硝煙、鉛など何でも用立て出来ます。その節はよろしくお願いいたします」

と嘉平が宗伝に挨拶した。

秀吉の九州征討が始まれば、食糧・軍事物資の買付け、船の手配で博多に銭が落ち、博多商人がその恩恵を受け、膨大な利益を得ると羨んでのことである。宗伝は人の不幸を金儲けの絶好の機会と見る嘉平のような武器商人のどん欲さに辟易する。宗伝の仕事は、そんな堺商人たちとの会話から上方の情報を正確につかんで、宗麟に報告することだった。

天文二十年（一五五一）、長門・周防・石見・安芸・備後・筑前・豊前七カ国の守護大名

であった大内義隆が、家臣の陶隆房《すえたかふさ》（晴賢《はるかた》）の反逆によって自刃に追い込まれた「大内崩れ」が起こった。その事件の後、宗麟は博多の町を大友家の手に取り戻した。

元々博多は、足利尊氏の室町幕府の創建に貢献した「三前二島」の守護大名の少弐氏《しょうに》と、豊後・肥後・筑後の守護大名・大友氏が領有していた。大友氏は東北の六千戸、少弐氏は西南の四千戸を室町時代の初期から分割統治していた。

十五世紀の中頃、李氏朝鮮との外交・交易に腕を振るった博多商人宗金は「石城府代官《せきじょうふ》」と称したが、それは博多の大友家の代官という意味であった。宗金は朝鮮や明との交易に活躍し、博多の町を国際的商業都市に飛躍させた。その頃、博多は朝鮮・明との交易に携わる店が建ち並び、町には大商人たちの町衆の自治組織が出来、港には南蛮の珍しい品物を積んだ琉球船、明船、朝鮮船などが入港していた。

少弐氏、大友氏の博多の分割支配も、大宰府にあった南朝方・懐良《かねよし》宮の西征府との戦いに、足利幕府が周防の大内義弘を筑前守護職に起用したため大内氏の手に奪われてしまい、その後、大内義興《よしおき》の時代から、遣明船は博多から出港するようになった。それまでの遣明船は泉州堺から出る細川船であった。

宗伝はお艶の給仕により居間で遅い朝食をとった。朝餉は茶粥と香の物、干物の魚と貝の味噌汁である。粥を二椀すすると、宗伝は箸を置き茶をうまそうに飲んだ。

「おや、お前様……。もうお済みで」

いつもはもう一膳か二膳食べるのに、箸を置いた宗伝をお艶は訝《いぶか》しがった。

「うん、昨夜の酒がまだ残っていてな」

先ほどまでうるさく鳴いていた小鳥の声に代わって、店の前の大通りを行き交う荷車の音が聞こえていた。この店は織田信長から国外追放となった豪商・紅屋の店を天王寺道叱が買い取り、宗伝の店として使わせていたもので、堺の大店《おおだな》の並ぶ大小路と大道筋の交差する中心地にある。この時間にもなると、居間まで通りの喧噪が聞こえてくる。

朝食をとった居間の正面はつつじやあじさいの前栽がある中庭である。その向こうに宗伝が寝起きする中座敷とそれに続く奥座敷がある。つつじ、あじさいの季節にはまだ早く、奥座敷の右手の土蔵に続く生け垣の雪柳がびっしりと小さい白い花を付けていた。紅屋の跡だけあって、町屋の庭ながら贅《ぜい》を尽くした風格のある庭である。宗伝は庭を眺めていると、人間の貪欲さを丸出しにした昨日の商人たちの会話を忘れ、ほっとした爽快な気分になる。

「おや、もう桜は散ってしまったのか」

と、宗伝は独り言みたいに言った。

「あらまあ、毎日眺めておられますのにお気付きになりませんでした……。もう二日前に散っておりまする」

庭と茶室を隔てる雪柳の生け垣の中央に、茶室の路地に通ずる透き垣のしおり戸があり、そのしおり戸の傍らに、庭にただ一本だけの桜の古木がある。この数日の慌ただしさのため、宗伝は桜の散ったのに気付かなかったらしい。

宗伝は傍らに坐って庭を眺めているお艶の姿を見た。お艶の顔には、この家のことなら宗伝よりもよく知っていますと言いたげな表情が表れているのに苦笑した。そこには、遊女の頃の華やかな面影はすっかり影をひそめ、商家のおかみの落ち着いた雰囲気が漂っている。かむろからおいらんまで長い遊女の暮らしをしていながら、今ではその頃の雰囲気はすべて拭い去ってしまっている。金銀の織り出しや刺繍のある裃《うちかけ》をまとい、白く塗り立てた厚化粧の頃のお艶は、それなりに宗伝の心をときめかせたものであった。今ではねずみ色の小紋に、くすんだ色合いのどっこの帯をきゅっと締め、帯で持ち上げられた胸元がなまめかしい色気を宗伝に抱かせる。髪もおいらんの頃のように髷《まげ》を結い、簪《かんざし》で飾ることもなく、背中の後ろで玉結びに結ぶ商家の内儀の格好も板に付いてきている。少しあの頃よりも肉置《ししお》きたくましくなった臀部の辺りも、宗伝は気に入っていて、お艶なしでは過ごせなくなったような気がする。

道叱との夕べの話は、昼間に聞いた松井有閑の堺代官更迭の話から始まった。宗伝が道叱に、堺を南荘と北荘に分け、小西隆佐と石田三成の二人が代官になると話すと、

「その噂は本当でござりましょう。甥の宗及《そうきゅう》から、私もその話を聞いております。秀吉殿は信長殿の息の掛かった者たちを次々と整理しておられる。小西隆佐がのう……」

と道叱は眉をくもらせた。

「…………」

「あの薬屋の親父が堺の町を束ねるとは……」

道叱はいかにも不愉快そうに口を歪めた。

道叱は宗伝と話しする時は、秀吉を関白とはめったに呼ばない。まして堺の町では家格が低く、九州の福田の港で唐船から海賊みたいに船荷を奪って財をなしたといわれる小西隆佐のこと。隆佐が代官として堺の町を支配するようになると聞いて、道叱は面白くあろうはずがない。

「石田殿、小西殿が代官になれば、堺の町はどう変わりましょうか」

と宗伝は訊いた。

「まず土居堀を埋めましょう。今更土居堀があっても……。堺商人の自治独立の気概はなくなった。堺の良さが日々消えていく……。宗陽《そうよう》殿の頃が懐かしい」

紅屋宗陽はかつての堺の会合衆の中心人物だった。信長が堺の町に二万貫の矢銭を掛けようとした時、自由都市堺を守ろうと矢銭の支払いに反対し、信長から国外追放になった。

道叱は堺の町の誇りであった土居堀が消えることが寂しそうだった。土居堀というのは堺の町を取り巻く土堤と堀である。当時の堺の町は周囲に二十間ほどの堀を巡らし、後背地の浅香山丘陵から流れる堅川、南の石津川などの流水を引き込み、その内側に土堤を築き木柵を立て、堺を城塞都市とし、盗賊や外敵の侵入を防いだ。外部から堺の町へ入るには、橋を渡ってそれぞれの構え口の木戸を通らねばならなかった。不審者はその木戸で町への立ち入りが禁じられた。松永と三好との戦いの際は、堺の町に逃げ込んだ松永秀久を匿い、秀久を追って堺に乱入しようとする三好軍を木戸の所で押しとどめ、侵入を許さず撤退させた。町衆は牢人たちを雇い、国侍と争いが起これば武力で撃退することもあった。それらは足利幕府が自由都市堺に与えた特権であり、それを象徴する土居堀は堺の町衆の誇りだったのである。

道叱のような一昔前の堺の商人は武士に支配されるのがたまらない。堺はもともと足利幕府の直轄地であった。幕府の実権が畠山・細川の両管領家に移ると両家の共同統治が行われていたが、両家が争い畠山が細川に敗れて細川氏の実権が執事の三好長慶《ながよし》に移り、更に三好氏の実権がその家臣の松永に握られていく中で、堺は三好・松永とに結び付いた。管領家の没落、三好・松永の台頭の中で、堺はその経済力を駆使して幅広い自治権を手に入れ、町は有力商人の会合衆の手で運営されるようになった。

ルイス・フロイスはその頃の堺の町を「日本のヴェニスである堺の町以上に重要な所はないと思われた。すなわちこの町は裕福であり、商業が盛んであるだけでなく、絶えず方々から人が集まる諸国相互の市場のような所であった」と記している。

ガスパル・ヴィレラは「この町はヴェニス市のごとく執政官によって治められている。日本全国、当堺の町より安全な所はなく、他の諸国において戦乱あるも、この町には戦乱なく、敗者も勝者もこの町に来住すれば皆平和に生活し、諸人相和し、他人に害を加える者なし」と述べている。

これは西暦一五六〇年代の堺の町について記したものである。当時ヨーロッパのヴェニスの町では、大商人が市会を構成し、ドージュ（執政官、終身市長）を選挙で選び、そのドージュによって町は治められ商業都市として栄えていた。

足利幕府の管領としてかつて権勢を誇っていた細川晴元が、その頃、三好・松永に追われ、堺の町の片隅でひっそりと暮らしていた。堺は年老いた晴元を保護し、堺の町を繁栄に導いた細川氏の恩顧に報いたのである。道叱と甥の宗及はしばしば晴元を茶会に招き、援助していた。

宗伝が道叱を好きなのは、そういう道叱の恩義を弁え仁義に厚いところである。下剋上の世の中になったが、道叱のような商人にはまだ「仁」の気持ちがあることを思うと、宗伝はすがすがしく感じる。

一度、宗伝が道叱の律儀なことをほめると、「商人というものは信用が大事でござります。信用を保つには恩顧を受けた方のことを忘れぬことです。人間には浮き沈みがあります。沈んだ時に恩顧を受けた方々をお助けするのが商人の信用にとって大事なことです」と道叱はさらりと言ってのけた。それからの宗伝は道叱に父親みたいな信頼を抱いている。

「今更堀を埋めてもと仰せられますると」

と宗伝は道叱に訊いた。

「堺の町は秀吉殿の奉公人になるということでござろう。もう紅屋、能登屋の時代には戻りませぬ。堺の商人たちは秀吉殿に心まで売ってしまったということでありましょう」

道叱は冷たく嗤《わら》った。

能登屋の主・道陳《どうちん》は、紅屋宗陽と一緒に信長の矢銭に反対した商人であった。かつて、朝倉・浅井との姉川の戦いの折り、鉄砲薬三十斤、焔硝三十斤を秀吉に用立て、秀吉に軍功を上げさせたと豪語し、言い触らしていた今井宗久《そうきゅう》も、今は秀吉の前では口をつぐんでいる。

「奉公人とは……」

宗伝は後の言葉が続かなかった。

「今井宗久は信長殿、秀吉殿と結び、金儲けに専念し、利休は利休で秀吉殿の贔屓《ひいき》に溺れ、町人の分際で権力を追い求めている。堺の町衆も秀吉殿の茶頭になって、わずか三千石ばかりの扶持《ふち》をもらって喜んでいるが、体《てい》よく安く使われておりまする」

秀吉は、軍需品を扱う堺商人を茶頭として身近に侍らせれば、他の大名が買い付ける武器の数量・価格も耳に入り、また安く買うことも出来ると考えている。

道叱は、甥の宗及が利休、今井宗久と同様に三茶頭の一人として秀吉に仕えていることについては言及しなかった。宗伝は、天王寺屋が秀吉に従っているのは天王寺屋の暖簾を守るためで、必ずしも秀吉の思う通りにはならぬという自信が、道叱の目の色に見える気がした。

宗麟が秀吉と同盟を結ぶのであればともかく、秀吉が宗麟の所に派遣した使者、佐々内蔵助成政と蜂須賀家政の二人が宗麟に秀吉の家臣になれと求めてきたということに対し、宗伝は不満を持っていた。そのことを聞いた時、足利将軍の義輝様から将軍家の相伴衆、足利の紋所の桐の紋の使用を許されたお館様が、と歯噛みしたものであった。利休に会って事情を聞くと、もはや天下の形勢は決まった、四国の平定も終わり、朝廷から関白に任命された秀吉公に大友家は臣従するしかなかろう、と告げられた。

京から追い出す時、散々恥をかかせた前の将軍の足利義昭に取り入って、ついこの間まで義昭の養子になって征夷大将軍になろうと画策していた秀吉が、義昭からその話を断られると、どういうふうに工作したのか、関白の位を手に入れてしまった。そして秀吉の出自について、自分の母親はもと公家の萩中納言の娘で、京に上って宮仕えしている間に、日輪が体に入り身重となり、尾張に帰って生まれた子が秀吉だと、途方もないでっち上げ話さえ作り出している。宗伝は、秀吉が天下を取れば、この日本に悪いことが起こりそうな不安を感じている。

道叱は半年前、秀吉のことで、宗伝と話したことを蒸し返した。老人の悪い癖で、この話を宗伝は会う度、いつも聴かされるのである。

「私はあの時、大友家と島津家が一日も早く和睦し、秀吉殿の手が伸びないうちに九州が平和にならないと、大友も島津も潰されてしまうと言ったことがありまするなあ……」

と道叱は呟いた。

「覚えておりまする。ですからあの時、お館様、立花道雪《どうせつ》様、高橋紹運《じょううん》様などに島津との和睦をお勧めしたのですが」

と宗伝は残念そうに言った。

「そういうこともありましたなあ。その時の話の出所は小西隆佐でござりました。隆佐が、秀吉殿は、島津と大友との間の戦争が続いて、両方がへとへとになるまで戦って力が弱ったところに乗り出し、九州をそっくり手に入れる腹づもりである、と町衆に話したと聞き付けた甥の宗及が、私の所に駆け込んできました。今では、大きな声では言えないが、堺の町衆は皆そう思っております」

「…………」

「お館様が秀吉殿の家人になられるとは……」

と道叱が寂しそうに言った。

「…………」

「シメオン殿にこの間会った時、秀吉殿は、毛利に九州制圧の先兵を申し付け、九州の大名と戦わせ、あわよくば毛利に失敗させて毛利の力をそぎ、毛利の中国筋の所領を減らして、宇喜多など秀吉殿のお気に入りの武将を中国に据えるつもりである。毛利もこのことに気付いているので、九州で戦いが起こっても、小早川殿も吉川殿も簡単には九州まで兵を動かすまい、と言っておられた」

「黒田殿がそのようなことを……」

と宗伝は絶句した。

シメオンというのは、秀吉の軍師を勤める黒田官兵衛孝高《よしたか》のことである。古くからのキリスト教徒で、同じキリスト教徒の道叱、宗伝と親しく交際している。

「利休殿の話では、お館様が大坂に来られて、秀吉殿に島津とのことをお頼みなされれば、関白の命令で島津にさっそく和睦を勧告し、もし島津がその命令に従わぬ時は直ちに兵を送って討伐するということですが」

と宗伝は続けた。

「その通り運ぶかな。利休殿もこの頃はなかなか秀吉殿には苦労して、困っておるらしいわ」

と道叱は顔をしかめ、にがにがしく嗤った。

「と申しますと……」

「利休殿は信長殿の許にいた時、藤吉郎と呼び捨てにしていた秀吉殿を、今では天下様とか関白様とか言わざるを得なくなった。秀吉殿が今度の島津に送る使者として、仙石秀久《せんごくひでひさ》を起用しようとされた時、利休殿は仙石の起用に反対し、きつく秀吉殿から叱責されたらしい。秀吉殿をもて余し気味よ……」

「仙石秀久殿では役不足でござりまするか」

「あんな田舎侍では役不足じゃ。あの御人なら、九州の大名の心を傷付け怒らせるだけでござりましょう。おそらく秀吉殿の関白の威光を笠に着て、秀吉殿の出された和睦案に従わぬ時は、武力を使って島津を潰すとまで言いかねぬ男だ。頼朝公以来の名家の血筋を誇る島津義久殿は腹を立てるに違いござらぬ」

「では、秀吉殿は島津義久公を怒らせて、大友との戦いをやらせる……」

宗伝はがっくりした。

「そうよ。本当に島津を従わせるために使者を送るなら、薩摩と縁故のある公卿の久我通《みち》興《おき》様か皇族の門跡のお方を使者に立てれば、穏やかに話が進むものを……」

宗伝は二度ほど秀吉と会ったことがある。一度は津田（天王寺屋）宗及とともに、姫路城まで訪ねて行った時であった。けばけばしい金糸・銀糸で縁取った羽織、能役者の着るような派手な着物、手入れよくぴんとのばした茶筅《ちゃせん》も、貧相な顔を隠すことが出来ず、いかにも氏素性のない成り上がり者の感じが否めなかった。話の途中で一転して厳しい顔をした時、三角に釣り上がった眼は、底意地の悪さと心の奥の残忍さをのぞかせるものだった。

「信長殿も散々ひどいことをなさったが、秀吉殿もそれと同じじゃ。大恩ある信長公の子息・信孝殿を殺してしまわれた。主君の子息にあのようなことをしてよいものであろうか。冷血なお人故、豊州のお館様には心して掛かってもらわねばなりますまい」

秀吉は、信長の素質を一番受け継いでいたという信孝を凡庸な兄の信雄と巧妙に対立させ、信雄に信孝を殺させた。宗伝は、秀吉が自分の手を汚さず、あれだけ恩顧を受けた信長の子を殺すぐらいだから、もう大友にも秀吉の策略の手が伸びていると危惧している。
「私もそう心得ておりますので、明日、利休殿と話を詰めたいと思っております」
と宗伝は答えた。

宗麟が今回秀吉に会いに来るのは、島津家と大友家の和睦を斡旋してもらうためであった。天正七年（一五七九）の終わり頃から堺に滞在して、信長・秀吉の情報を集め、そのやり方を見てきた宗伝にとって、信長も秀吉も好きになれない。むしろ、宗麟の方が天下人としての資質がある。宗麟の政治には夢があった。足利義輝の健在な時は、足利将軍家を護ることで、天下を太平にしようとした。義輝が松永・三好の軍に暗殺された時は、宗麟は落胆のあまり、九州探題、六カ国の守護職を捨てて隠遁《いんとん》までした。数日の後、家臣に見つけ出され、重臣の戸次鑑連《べつきあきつら》（立花道雪）から口説かれて守護職に戻ったことがある。

宗麟に会う時、いつも宗伝は、子供の頃に小姓として仕えた宗麟の弟・大内義長のことを思い出した。いつも義長は、宗麟のことを英邁《えいまい》な若い国主だと敬愛の感情を込めて小姓たちに話して聴かせた。宗伝の一番感受性の強い年頃のことである。義長の言葉は宗伝の柔らかい頭の中に染み込んだ。そして宗麟こそ、この国に静謐《せいひつ》をもたらす偉大な主君になられるお方だと思うようになり、その敬愛が今でも続いている。耳川《みみかわ》の戦いで島津に敗れても、宗伝の宗麟に寄せる気持ちは変わらなかった。むしろ強まったといえる。戦いの勝敗は時の運だ。宗麟が求めたキリスト教の神の国を九州の一角に創り、それでもってこの日本の国を戦いのない平和な世の中にする。貿易で国を豊かにし、庶民を幸せにする。大友家の斜陽の中で、宗伝は宗麟と同じ南蛮交易による貿易立国の夢を追い続けた。

信長の「天下布武」は、天下太平をもたらすものではない。信長は民を殺し苦しめ、天下を恣意のままにもて遊んだ。禅にも儒学にも造詣の深い宗麟は、「良知」によって天下を太平にしようとする。どちらが民の幸福になる新しい秩序をもたらすものであろうか……。信長は誰もやれなかった残虐行為をやれたから、勝ち残ってきただけだ。宗麟は戦いを好まず、交渉で服属させようとしてきた。降伏した者は服属して、宗麟を主君、守護職として認めれば許した。秋月、龍造寺、筑紫などはそのため家を潰されずに済んだ。それがまた、この戦国の世の中で宗麟の一番の欠点でもあったかも知れなかった。

「安国寺恵瓊《えけい》殿は信長殿の末路をよく言い当ててござりました。三、五年はもつであろう、その後は転ぶと見えるとのことでござりました」

と宗伝は言った。

「誰でもそう思ったのではござらぬか。あれだけの悪事をすれば、どこかで報いを受けて当然でござろう。比叡山の焼討ちで、僧俗男女を問わず三千人を斬り殺し、伊勢長島の攻撃では降伏した百姓たちの首を残らずはね、二万の女子供の門徒が立て籠もった砦の周囲に、逃げられぬよう枯草・柴を積み上げ閉じ込め、火を付けて一人残らず焼き殺しました。武田信玄公の言われたことだが、信長殿の仕業は『天魔の変化』じゃ。また浅井久政殿、長政殿、朝倉義景殿の三名の頭蓋骨に漆を塗り、金粉で彩色した薄濃《はくだみ》の盃を作って、それで年賀に来た家臣たちに酒を飲ませたというではござらぬか。いくら乱世とはいえ、そのようなことをするとは……。因果応報でござりましょう」

「…………」

「まったく人の心を持っているとは思えませぬ。たとえ戦った敵であるとしても、死ねば仏になるものでござりましょう。それを薄濃にするとは……。明智光秀殿が信長殿を倒されようと思われたのは、末世に現れた天魔の変化を倒さねばこの国は大混乱になると思われたからでござりましょう」

道叱は顔を真っ赤にした。

「光秀殿があのようなことをされるとは……」

宗伝は本能寺の事件の日のことを思い出しながら相槌を打った。

本能寺の事件の前日、宗伝は津田宗及、島井宗室と一緒に京に出掛け、翌日の信長が開く茶会に出席することになっていた。それだけに記憶に焼き付いた事件であった。

「武田勝頼殿が滅びた時、武田家の菩提寺の僧侶たちは山門の楼閣に追い上げられて、焼き殺されたというではありませぬか……。武田家の菩提を弔うことも許さない。信長殿の因果が御子息に降り掛かっても、仕方ないことかも知れませぬ」

道叱は冷たく言った。

宗伝は、信長が越前攻めで、一向宗門徒衆たちにひどい仕打ちをしたのを知っていた。天正三年、信長は越前に攻め入り、一万二千名の侍たちを討ち取り、数万の領民を生け捕りにし、部下の諸将に戦利品の奴隷として分配して国許に送った。捕われた若い娘たちは九州に送られ南蛮船に売られた。宗伝は、この取引に介在したのが、小西行長の父・隆佐であったと聞いた。

手代の和吉は新保正和という元越前の国侍であった。越前で信長の捕虜になり、戦利品として若い娘たちと一緒に堺で小西隆佐の船に乗せられ、南蛮人に売られるため肥前の港に連れて行かれた。その途中、船が博多の港に立ち寄った時、隙を見て船から海に飛び込んで、博多の息の浜にあるキリスト教の教会に逃げ込み、そこにいた番頭の佐吉が匿って、宗伝の所に連れて来た。和吉は、船に多数の娘たちが捕えられているから助けてほしいと訴えた。その時宗伝は、女たちを助けることが出来なかった苦い思い出がある。

小西行長が秀吉の武将にのし上がった裏には、信長の汚い人身売買の仕事に手を染めて富を築いた父隆佐の力があったことを思うと、道叱が堺は変わったと言う意味に同感する。信長の残虐行為は佐久間信盛、明智光秀などの良識派にとっては、信長の恐怖と狂気をまざまざと感じさせたと思える。

武士団が形成された平安末期から綿々と続いてきた武士道という道徳を、信長はことごとく破壊した。武士の情け、武士の道義をすべてなくしてしまった。寺社・町村を焼き払い、財宝を奪い、人々を殺戮し、捕えた者を奴隷にし、若い女たちを遠い波浪の果てに売り飛ばすという前代未聞の惨劇を引き起こし、金銀をふんだんに使った贅沢な城郭を岐阜・安土に築いて、重税に苦しむ民のことを考えようともしなかった。宗伝は、光秀がひそかに折りあれば信長を殺害しようと心が傾くのは当然だ、光秀がやらなかったとしたら、誰か他の信長の部下がやったろうと思うのだった。

ある公卿が「信長公は役に立たないと見ると弊履《へいり》のごとく捨てる。己に敵対するものは大量虐殺を顧みずひどいことをなさる」と噂したのを聞いたこともある。信長に尽くした佐久間信盛は、本願寺の戦いの後、信盛の捕虜になった信徒に対する処遇が手ぬるいと、身体一つで追放され野垂れ死した。

宗伝は昨夜、道叱の家を出る時に、

「豊州のお館様のことは、甥の宗及からも秀吉殿に援助をしていただけるよう口添えさせます。天王寺屋の一族は、今までの天王寺屋の繁栄は豊州のお館様の支援があったればこそと思っております」

と道叱から慰められた。

宗伝は、宗麟が秀吉に会う前に出来る限りの助言をしようと思った。道叱の言葉を聞いて幾分気が晴れた。宗麟が秀吉の奴隷になってしまわないようにと願って昨夜遅く家に戻ったが、寝床に着いても神経が高ぶり、夜中、幾度も目を覚ました。

商人・博多屋宗伝

宗伝は大内家の宿老・杉筑前守興運《おきかず》の末子・杉重義である。杉家は陶家・内藤家と並ぶ、大内家と同族の宿老の家柄であった。父の興運は筑前の高鳥居《たかとりい》城主、筑前岩屋《いわや》城主、博多所司代などを歴任、大内義興・義隆に仕えた。大内氏が一手に遣明船の派遣を仕切るようになると、天王寺屋は博多所司代の杉興運の援助で明・朝鮮からの商品を博多で買い付けるようになった。宗伝の父の興運は陶晴賢の謀反の折り、反陶の兵を筑前で挙げ、香椎浜で陶軍に敗れ討死した。山口にいた伯父の杉豊後守重矩《しげのり》は、陶の謀反を止められなかった責任を悔いて自刃した。継嗣のいなくなった大内家の跡継ぎとして、義隆の甥になる宗麟の弟・大友晴英《はるふさ》が陶晴賢に迎えられ大内義長となった。その時、宗伝は二年間、義長の小姓として仕えたのである。

弘治元年（一五五五）十月、毛利元就が安芸の厳島の戦いで陶晴賢を破り討ち取った。弘治三年三月、大内義長は山口に進軍した元就の軍勢に、防府の勝山城に包囲された。毛利軍は五日間猛攻を続けたが、時を稼げば、宗麟から援軍が来ると信じた大内軍の守りは固く、なかなか落城しなかった。

元就は大内氏に服属していた安芸吉田の豪族であった。元就の長男は少年の頃、人質として大内義隆の所に送られ、山口に住んでいた。彼は義隆の片諱《かたいみな》の「隆」をもらい隆元《たかもと》と名乗り、義隆の猶子となり、義隆の宿老の一人・内藤興盛《おきもり》の娘を妻にしていた。

勝山城に義長と一緒に籠城している武将の中に興盛の息子の内藤隆世《たかよ》がいた。隆世は毛利隆元の妻の兄に当たる。元就はここで一計を案じ、隆世に、そなたが自害すれば、その命と引き換えに主人義長を豊後へ逃がすと約束した。隆世は、自分が腹を切れば義長の命は救われるものと信じ、毛利の検死役の前で見事に腹を切った。元就は義長主従が城を降り、麓の長福院に入るのを見届けると、周囲を毛利兵に取り囲ませ、義長に自害を迫った。最後まで付き従った杉民部大輔の介錯で義長は切腹し、無念の最期を遂げた。杉民部大輔はその場で腹を切った。宗伝はその杉民部大輔の弟・杉左近重義である。宗伝は杉民部大輔から、彼らの従兄に当たる筑前の杉権頭連並《ごんのかみつらなみ》を頼って落ちていくように説得された。

杉民部大輔は防府の勝山城に立て籠もるに際し宗伝を呼んだ。

「毛利元就は我らをきっと殺す。元就は、陶晴賢を倒す折りには、主人大内義隆様の怨みを晴らすためと言い、大内家の家臣たちを抱き込んだ。今度は、隆元が義隆様の猶子だから毛利に大内家を継ぐ理由があると言って乗っ取りを企てている。大内家の跡を継ぐのは血筋からいっても義長殿だ。拙者は義長殿に最後まで従って大内家に忠義を尽くす。そなたはまだ若い。死ぬのは拙者だけで充分だ。お前は生き残って、大内家、杉家の再興をはかってくれ」と杉民部大輔は宗伝に言った。

義隆の姉婿になる岩見の吉見政頼は毛利元就の甘言に騙されて陶晴賢討伐の兵を挙げた。大内一門の家臣たちは、次々に元就に籠絡されてしまった。

「ここに父上の残された杉家の資産がある。父上が博多所司代の頃、博多商人、堺商人たちに都合なされた手形や貸付証文だ。筑前の龍徳城にお前の従兄の杉権頭連並殿がいる。きっとそなたの面倒を見てくれる。この乱世を生き抜いて、我らの無念を晴らしてもらいたい」

室町時代に入り、商業活動が活発になると、貨幣経済が普及し、遠隔地の決済に割符《わりふ》（為替手形）が使われるようになった。地方の地頭や荘園の荘官たちは年貢として集めた米を近くの市場で売り、銭に替えて商人から手形（割符）を買い、その手形を幕府や本所へ送金していた。この時代、北九州から年貢の米を船便で京まで送るとすると、日数で三十数日、船に積んだ米の三分の一が舵取や水夫の費用として消えた。また治安が維持されておらず、途中で地方の地頭、悪党の強奪に遭う恐れがあり、割符はますます普及した。

十三世紀の後半から、全国各地にそのような手形を引受・決済する商人・富豪がいて、現物の輸送をせず決済が行われる信用経済の組織が成立していた。引受人の多くが資金力のある寺院、商品経済の発達で力を付けた豪商たちだった。大内氏のような経済的に富裕な大名たちが、裏で金融商人に多額の資金を供給していた。明との勘合貿易に携わっていた宗伝の父興運は、所司代時代に手形や証文で商人たちに資金を貸し付け蓄えていた。杉民部大輔が宗伝に渡した手形や貸付証文は銀二万貫に近かった。領地は毛利に奪われても、これがあれば宗伝は商人たちから資金を回収して、大内家再興の旗揚げが出来るぐらいの資金にはなるはずだった。

宗伝が毛利の包囲網を抜け、関門海峡を渡った日は寒かった。老僕と二人で、孫と祖父とになりすまし、寒風吹きすさぶ海峡を渡った。宗伝が十四歳の時だった。

宗伝が頼っていった従兄の杉権頭連並は、大内氏の崩壊の中で、やっと筑前鞍手郡の龍徳城の周辺を維持している宗麟の客将に過ぎなくなっていた。もう筑前・豊前にわたっての、杉氏の大内家の代官時代の権威は失われていた。連並は頼ってきた宗伝を交友のある博多商人の島井宗室に託した。宗室は当時二十歳過ぎの若々しい覇気のある商人だった。酒造りと交易の仕事をやっていた。宗室は宗伝を堺の天王寺屋道叱のところにやった。

宗伝は、孤児になって堺に着いた日の道叱との会話を、今でもはっきり覚えている。

「天王寺屋は朝鮮・明との交易で今日の身代を築きました。それまでは細川様、畠山様、三好様の御用商人でした。細川様のお仕事は堺から出る遣明船の勘合貿易による明の絹糸、書籍、唐物などの取り扱いでござりました。ところが大内義興様が足利幕府の管領代として、細川晴元様に代わって幕政を握られますと、明との貿易は博多で行われるように変わってしまいました。明との貿易を大きな収益源としていた天王寺屋は経営の危機に陥ったのです。その時、天王寺屋を救っていただいたのが、大内家の筑前守護代、博多所司代をしておられたあなたの父上の杉筑前守様でござりました。あなたが持っておられる為替手形、貸金の証書はこの私が回収して差し上げましょう」

と道叱は宗伝を励ましたのである。

博多に住んでいた頃、幼かった宗伝は当時のことを記憶していなかった。父が所司代の頃、屋敷にいつも来客が出入りしていたのを覚えているだけだった。

道叱は父の津田宗伯《そうはく》に命じられて、天王寺屋の中で博多商人との取引を一手に受け持つようになり、大友宗麟、島井宗室と結び付くようになった。道叱は宗伯の四男で、長男の宗達《そうたつ》とともに天王寺屋の屋台骨を支えてきた。天王寺屋の宗家は宗達の死後、その嫡男の宗及に受け継がれている。

その時、道叱は宗伝に訊いた。

「重義どのは今後、一体何をなさるおつもりでござりましょう」

宗伝は兄と主君義長を殺した毛利元就が憎かった。主家を簒奪《さんだつ》した元就の不正義が許せなかった。

「毛利元就に怨みを報いることと、大内家、杉家の再興でござります」

と宗伝は意気込んで答えた。

道叱は暫く考えて、

「あなたはまだ若い。この乱世はどうなるか予測がつきませぬ。お家の再興をお考えになることは当然のことでござりましょうが、武器を持って毛利と戦うことのみがお家の再興とは限りませせぬ。商人になってこの国を富ませ、平和な世の中を創り出し、家系を残すということも立派なお家の再興でござりましょう。堺の妙法寺に、筑前宗像の西郷党の出の若い学僧として評判の高い景轍玄蘇《けいてつげんそ》殿が修行しておられます。西郷党は大内氏が筑前に進出した時からの大内家の被官でござります。杉家から恩顧を受けております。玄蘇殿はきっとあなたの面倒を見てくれるでしょう。しばらく玄蘇殿から学問を学ばれたらいかがです」

杉権頭連並と島井宗室が宗伝を堺にやったのは、大内家、杉家の旧家臣たちの多い筑前にいれば、若い宗伝が彼らに担ぎ出される危険性があったからである。堺であれば大内義興・

義隆の時代、堺商人の多くが山口を訪れていたため、杉の家の知己も多くいる。宗伝が安全に暮らせると思ったに違いなかった。

「連並殿と宗室殿からも景轍玄蘇和尚殿のことは承っております。お二人は私に和尚殿に付いて学問と禅を学べと申されました。是非とも和尚殿から学びたいと思っております」

と宗伝は答えた。

「あなたはキリシタンでしたね。堺にはキリシタンの教会がありますので、教会にもお通いなさい。禅宗で己を知るという修行とキリシタンの人間を愛するという教義とは、矛盾するものではありません。きっとあなたの心の糧となりましょう」

義長の小姓として仕えていた頃、山口ではザビエルが布教を始めて数年しか経っておらず、宣教師ジョアン・フェルナンデスとコスメ・デ・トルレスが辻門に立って庶民相手にキリストの福音を説いていた。義長は宣教師たちを屋形に呼び、家臣たちとともに宣教師の教えを聴いた。その後、義長は街角に立札を立ててキリスト教の教えを聴こうとする者は咎められることがないと布告し、フェルナンデスに教会を建てる広大な土地を与え、建設資金を出した。義長は小姓たちにキリスト教を学ぶよう勧めた。宗伝はその折り洗礼を受けてキリシタンになった。

道叱の勧めで、宗伝は堺でイエズス会の教会に通うことになった。それでも宗伝は、元就に対する怨みを忘れられず、日夜考えていた。

その頃の堺の町は活気があった。諸国の大名から鉄砲の注文が相次ぎ、浜に近い鉄砲町は鉄砲を作る金槌の音が軒先からもれ、忙しく荷物が行き交っていた。宗伝は義長から鉄砲を見せられたことがある。その時から南蛮の優れた技術として鉄砲に興味を持つようになった。鉄砲なら長年の武芸の鍛錬は必要ない。

義長殿は鉄砲を人殺しの道具に過ぎぬと言われたが、主君の義長と兄の無念を晴らすには優れた武器が必要だと思うようになり、宗伝は学問を学ぶ時間の合間をさいて、道叱の紹介を受けた鉄砲職人のところを訪れ、鉄砲・火薬・弾の作り方に精通するようになった。鉄砲の操作・撃ち方も自ずから相当の腕前に達した。

こうして十九歳になるまで宗伝は玄蘇から学問と禅を学び、鉄砲作りに夢中になる生活が続いた。堺はそのように敗者が集まり、彼らを庇護する土地柄でもあった。道叱は十九歳になった宗伝を臼杵の大友宗麟のところに連れて行った。その後宗伝は、島井宗室と組んで博多で仕事をするようになった。

大内氏から博多を取り戻した宗麟は、吉弘鎮信《しげのぶ》を博多所司代として博多に送り込み、宗麟の財源確保のため、博多商人を掌握させた。道叱は大内氏の貿易利権を受け継いだ宗麟に接近し御用商人となる。そのことで天王寺屋は、博多との交易では独占的な力を持つようになった。大きな利益源を得た天王寺屋は堺の納屋衆の筆頭になり、今では今井宗久と並ぶ商人となった。道叱の甥の津田宗及は秀吉の茶頭の一人となって秀吉のところに出仕している。

宗麟が朝鮮に力を持っていたのは、大内が滅び、少弐が龍造寺隆信に滅ぼされ、朝鮮国王から図書人として交易を認められている西国の有力大名が宗麟だけになってしまったからであった。朝鮮からの物資の輸入には宗麟の図書が必要だった。図書人とは、朝鮮国王が倭寇の暗躍を抑えるため、西日本の有力大名に倭寇の取り締りを頼み、その代わりに、図書（銅印）を与え正式な交易を許した大名たちである。

当時の日本にとって、朝鮮との交易は利潤の大きな取引であった。島井宗室は大友宗麟の図書により、その代理人として朝鮮に渡り、綿布、朝鮮人参、虎・豹などの獣皮、高麗磁器、書籍、文房具などを持ち帰っていた。朝鮮との交易に使われた日本側の輸出品は、沖縄商人からもたらされる樟脳、胡椒、白檀などの南洋特産品、国内で生産される銅地金であった。

その頃朝鮮では、金属印刷機が発明され、活字を作るために銅の需要が伸びていた。豊前・長門の銅が大量に日本から朝鮮に輸出された。博多は朝鮮と地理的にも近く、古くから明・朝鮮との交易に携わった博多商人たちは、朝鮮交易では圧倒的に有利な地位にあり、国際的な商人として活躍してきた。

宗麟の財源は、このような南蛮交易、朝鮮交易で博多の町を出入りする商品に掛ける輸入・輸出税の抽分《ちゆうぶん》銭と博多商人から人頭税として集める段銭であった。宗麟は博多所司代の他に段銭奉行を置き、抽分銭・段銭を集めさせていた。博多が栄えれば宗麟の財政は豊かになる仕組みになっていた。

日本ではその頃、綿はまだ栽培されておらず、綿布は丈夫で保温性・染色性に優れていることから、公家・寺社の荘園を簒奪し経済力をつけた武士階級の衣服として好まれ始め、朝鮮から大量に輸入されるようになった。当時、綿布は絹よりも値段が高かったといわれている。また朝鮮からもたらされる獣皮は、武具の装飾品として珍重され、常に荷が着くのが待たれている状態であった。道叱は宗麟の住む臼杵の丹生島《にうじま》をご機嫌伺いと商用でしばしば訪れるようになった。

天正六年（一五七八）十月、大友宗麟が日向の耳川で島津と戦い惨敗し、大友軍は吉弘鎮信、斎藤鎮実《しげざね》、田北、一万田《いちまんだ》、佐伯などの名だたる大将二十七名を一挙に失い、九州随一を誇った大友家の軍事力も瓦解した。それまで大友家の武力は「柳川三年、肥後三日、筑前・肥前は朝飯前」という戯れ歌に唄われるほどであった。島津との戦いに敗れ、今では筑前の秋月、肥前の龍造寺、薩摩の島津に大友領を侵食され続け、宗麟の豊後・豊前・筑前・筑後・肥前・肥後の六カ国の守護職、九州探題職は有名無実となってしまった。

宗伝が七年前から堺に再び住むようになったのは、織田信長との同盟を提案し、交渉を任せられるしっかりした人物を堺に派遣するよう、道叱が宗麟に要望したからであった。

道叱は、天王寺屋が宗麟を後援していると外部から知られたくないこともあって、昔、自分が世話をした気心の知れた宗伝に博多屋の暖簾を上げさせたのである。今では道叱は隠居して、紅屋から買い取った店舗を宗伝に貸し、宗伝が道叱の商売を引き継いでいる。そして、博多商人の島井宗室が朝鮮から輸入してくる商品を一手に堺で取り扱いながら、堺商人の動向、信長、本願寺、毛利らの戦争状況などを探り、信長の将来を見極める報告を宗麟に書き送ってきた。

宗伝が堺に来た頃は、丁度、信長が石山本願寺を包囲し、本願寺とその支援に立ち上がった毛利と激しい戦闘を交えていて、本願寺、武田、上杉を敵に回した信長の将来は予見出来るものではなかった。宗麟にとって、毛利元就は弟大内義長（大友晴英）を殺した宿縁の敵であった。毛利と戦っている信長と同盟を結ぶことは、島津、龍造寺、秋月との戦いに悩まされている宗麟にとって、毛利が九州に手が出せなくなるという戦略的効果があり、大友家のために必要であった。信長の死後、宗伝は引き続き秀吉と宗麟との交渉に携わっている

宗麟と秀吉

宗麟の乗った大友船は、昼頃までには堺の港に入るはずである。港には丁稚を行かせて、大友船が入港すれば連絡するように命じて見張らせている。

お艶に用意させた着物に着替えていると、番頭の佐吉が、

「旦那様、宗麟様の乗られた大友船が今、港に入ったとの連絡がありました」

と知らせてきた。

「おうそうか、ではすぐに出掛けよう。佐吉も供をしてくれ」

と声を掛けた。

外に出ようとする宗伝に、お艶は、

「今晩のお帰りは……」

と尋ねた。

「お館様を妙国寺にお送りして、すぐ戻るつもりであるが、お館様との話が長引けば遅くなる。おお、そうだ、お艶は今井町まで行って、利休殿のご内儀にご主人が戻っておられるかどうか聞いてきてくれ」

と言いおいて、宗伝は佐吉を連れて店を出た。

利休の店は宗伝の店から南西、三丁ほど離れた今井町にある。夕べの道叱との話で、利休は大坂から昨夜堺に戻ると聞いていた。宗麟が大坂に行く日程の打ち合わせを利休としなければならない。気まぐれな秀吉のこと、日程が変わっているやも知れぬ。

堺の町は南北の両荘に分かれている。船が着く港の中心の大浜から、大小路が奥へ東西に十丁ほど延び、町を囲む東の土居と木柵に突き当たる。この大小路が堺の町を南北二つに分け、北が摂津の国、南が和泉の国である。堺は、古代の遠里小野《おりおの》の漁村の南に開かれた港で、律令時代には西国・四国から奈良へ物資が運び込まれるため諸国の船が入港する榎津《えづ》の港であった。平安・鎌倉時代には、西国に多数の荘園を持つ奈良の寺院や高野山の寺院への年貢がこの港に陸揚げされた。

紀伊と河内・和泉を分けて東西に走る紀伊山脈から北に延びた尾根は、仁徳・反正《はんぜい》天皇の陵墓のある堺の町の東側の丘陵地帯、浅香山の丘陵となり、更に北に延びて上町台地となって、北の淀川南岸まで達する。その頃の大和川は、上町台地の東を玉串川、長瀬川、平野川となって河内平野に流れ込み、その平野の中央に河内湖があった。淀川の河口部分は大和川が上流から運んでくる土砂で水路は浅く、西国からの物資の陸揚げは兵庫港か堺港でなされていた。

大和川が遠里小野の漁村を南北に分けて、堺の北で大阪湾に流れ込むようになったのは、江戸時代に大和川が付け替えられてからのことである。大浜から土居に至る、東西に延びる大小路の中ほどに、大道筋が南北に走って大小路を二つに分けている。この大小路と大道筋が堺の町の大通りであり、能登屋、日比屋、天王寺屋など納屋衆といわれる大手の商人の店は二つの道の交差する中心地の表通りに並んでいた。紅屋の跡である博多屋の店も、この中心地の一角にあった。大道筋は摂津から紀州への官道の紀州街道である。堺の町はこの紀州街道上に南北三十丁、東西十丁の広さで居坐っている。南北には木戸を設け、また東側には長尾街道、武内街道に通ずる木戸があり、夜になると木戸は閉じられ、不審者の立ち入りは許されない。

宗伝の店を出れば、すぐに堺の町の喧噪に巻き込まれる。通りでは、荷物を小脇に抱えた番頭や丁稚、浜から荷揚げした商品を店に運ぶ荷車が行き交っている。卯建《うだつ》を上げた商家や白塗りの土蔵が建ち並んでいる。

大友宗麟が堺に着いたのは、天正十四年（一五八六）三月二十八日であった。島津に対する今の劣勢を挽回し、大友家に有利な和睦をするためには、秀吉の援助を乞う以外にないと悟ったからである。宗伝は数年ぶりに宗麟と会う。宗伝は、今度の宗麟の秀吉訪問を成功させ、昔の大友家の繁栄に及ばないにしても、大友家が九州の大名として残るようにしなければならぬと思っている。

宗伝の店から大小路を西に四丁ほど行けば、船の着く大浜に達する。春といっても海から吹き寄せる風は肌を刺す冷たさである。宗伝は思わず体を縮めた。道に沿って海辺へ延びる掘割に柳の並木がある。緑色の紐のように垂れ下がる新緑の葉が、海からの風に煽られている。その緑の簾の向こうに納屋衆の白塗り土蔵が堀に沿って並んでいた。

宗麟の乗った船は港に着いていた。船は大友の配下の水軍・津久見の船であった。まだ艀《はしけ》は大友船に横付けされていなかった。宗麟たちが上陸するまで、四半刻は掛かると思われた。

泉州堺に上陸した宗麟と家臣たちを、宗伝は宿に予定していた妙国寺にまで案内した。

宗伝は、関白になった秀吉に宗麟が臣従するのは時勢の流れでやむを得ないが、秀吉の狙いは、三百数十年、九州に勢力を持ち続けている大友・島津を潰すことにあると考えていた。近頃聞いた噂で、秀吉が朝鮮に攻め込み、明まで征服したいと言い出したことも気に掛かっていた。もしそうなれば、長く朝鮮と交易を続けてきた博多商人たちは大打撃を受けることになり、九州の諸大名、侍たちの苦しみは、現在のものと較べものにならぬ陰惨なものとなる。僥倖《ぎょうこう》に恵まれて、今の地位に辿り着いた秀吉であれば、やりかねぬことと思うと、背筋に冷水を浴びた感じがする。

秀吉は信長から恩賞の領地のことを聞かれた時、「国内では領土は要りません。朝鮮、唐《から》に攻め上って自分の領土にいたします」と答えて、信長を煙にまいたという話である。秀吉が猜疑心の強い信長をかわすためであったろう。その自慢話を部下の武将たちに聞かせる度に、そのことが実現出来ると思い込むようになった教養のなさ、この人物が国を統一したら、この国の将来は大変なことになる。秀吉の日本統一の目的は、戦争のない平和な世の中を創り、民衆を幸せにしようとするものでなく、自分の権勢を誇り、贅沢に暮らすためだと宗伝は見抜いていた。

為政者の理想は経世済民・天下太平であるはずだ。宗麟はずっと経世済民を考えていた。だからある時は禅にこり、儒学を学び、キリスト教に心を寄せ、キリスト教の説く「愛」というものに領民を幸せに出来る道がないかと模索した。そして宗麟は「自分の国を神の国にする。その国の民は王を敬うが、懼《おそ》れることはない。王は民を慈しみ、民は王を慕う国にする」という理想を抱き、その実現を求めた人物であった。

秀吉が朝鮮、明に攻め上るということであれば、戦乱と民衆の惨事を招くことになる。おそらく島津と大友が戦うことになっても、秀吉は兵を動かさず、島津と大友が共倒れになるのを待つであろう。宗伝は、大友はまず島津と和睦して秀吉に臣従しなければ危険だ、島津と和睦出来れば、東には徳川家、上杉家、まだ臣従の様子を見せない北条家があり、大友家は名誉ある形で秀吉と同盟した大名家として残れる、毛利も内心ではそう望んでいると思った。

「お館様、島津との和睦は出来ませぬか。関白殿は一筋縄では参りませぬ。前にお送りした書状に書いておりまするように、関白殿は大友と島津が戦って、双方の力が弱る漁夫の利を狙っておりまする」

宗伝は妙国寺の書院で宗麟に説いた。

「さればじゃ、そのことは余も心得ておって、島原で島津家久が龍造寺隆信を討ち取った時、義統《よしむね》に命じて使いを遣わし、祝賀の品を持たせてやった。大友家は肥後を諦めておると知らせた。その折り、内々に島津と大友の和睦が出来た。島津は、肥後の静謐のために阿蘇惟光《これみつ》を島津に降伏させよと求めた。阿蘇と大友とは長年にわたる親しい間柄だ。大友に阿蘇の降伏を斡旋しろということだ。肥後の国侍の信望は阿蘇大宮司の神職を継ぐ阿蘇惟光に集まる。しかし阿蘇惟光は、阿蘇神社の神職たちの手で山の中に匿われて出てこない。その内に道雪が病没した。道雪の死後、秋月にそそのかされて筑後まで手を伸ばそうとする。更に義久は九州全土の守護職を要求していると聞く。到底そのようなことは承伏ならん。大友と島津が並び立ってこそ、九州の静謐はなる」

義統は宗麟の跡を継ぐ宗麟の嫡男である。天正七年から宗麟の六カ国守護職、九州探題職を相続していた。立花道雪は龍造寺、秋月と戦って筑前の大友領を守ってきた忠臣だった。天正十三年の秋、龍造寺との戦いで筑後に出陣中に、道雪は七十三歳で病死した。当時、島津軍は肥後全土をやっと制圧し、肥後と筑後の国境に兵を集め、龍造寺方と大友方との戦いを傍観していた。島津義久は家臣の鎌田刑部と僧文之《ぶんし》を秀吉の許に派遣して九州全土の守護職を要求したということである。

「そなたは大友の所領はどうなると見る」

宗麟は不安な様子で訊いた。

「関白殿は豊後一国、筑後の半国、豊前の半国、筑前については立花領と高橋領と言われましょう。今後の大友の力によっては、豊前は毛利に渡されるかも知れませせぬ」

「何故、毛利に豊前を……。日向は……」

宗麟は宗伝の言葉に明らかに不満気だった。毛利とは豊前をめぐって幾度も戦い、取ったり取られたりしてきた。

「小早川隆景《たかかげ》を備州から九州に移したいため、と聞いておりまする。備州を宇喜多に任せたい意向があるとのこと……。日向は伊東祐兵《すけたけ》殿が参っておりまして、関白殿に旧領の回復を願い出ておりまする」

伊東祐岳の父義祐《よしすけ》は宗麟の妹婿であった。伊東家は鎌倉初期からの頼朝の御家人で、日向半国を治めていたが、義祐が島津の内乱に付け込んで日向の島津領を併合し、更に大隅にまで侵入した。薩摩・大隅を統一した島津に、逆に日向まで攻め込まれ、義祐親子は日向領から追い出され、豊後に逃げ込み宗麟に助けを求めた。これが大友家と島津家の戦争の原因だった。

「秋月は……」

と宗麟は訊いた。

宗麟は秋月種実《たねざね》に幾度も煮え湯を飲まされている。叛乱を起こし宗麟に敗れ、降伏した種実に大友一族の田原の娘を室に与え、弟の元種《もとたね》に高橋鑑種《あきたね》の跡を継がせ小倉城を与え、もう一人の弟種信《たねのぶ》には豊前の長野家を継がせるなど、一族同様に遇してきた。宗麟が耳川の戦いで敗れると、秋月種実は手のひらを返すように、龍造寺隆信と組んで一気に大友領を攻めた。秋月を律令時代から続く名家と惜しみ、取り潰さず残したことが、宗麟には悔やまれる。

「秋月には、戦いをやめて関白殿に臣従すれば、今の領地を認めるという話が流れておりまする」

「三十五万石か……。それは買い被りじゃ。秋月領は三万石程度のものじゃ。宇佐八幡の神領まで横領するつもりか……」

種実の父・文種《ふみたね》の所領は秋月周辺と上嘉麻郡一帯の三万石であった。種実が領有を主張している土地のほとんどは、昔、宇佐八幡の荘園であり、宇佐八幡の大宮司職を出す大友一族の田原一門に属していた。

「秋月はそれが悩みです。三十五万石は過大にふっかけているのです」

「…………」

宗麟は黙っていた。宗伝は、言い難いことであるが、この際はっきりと秀吉に対する懸念を伝えようと思った。

「元来関白殿は下賤な身分からここまでなられた方でござりますから、名門の方々を心良く思っておられませぬ。去年、秋月から恵利《えり》内蔵助が参りまして、秋月種実の臣従を願い出たそうでござります。その時、関白殿は恵利に、日田の三万石の所領を安堵してやる、儂に服属せよ、と打診されたようでござります」

「日田は豊後領だ！　秋月は支配しておらぬ。種実の勝手にさせるわけにはまいらぬ！」

と宗麟は初めて声を荒げた。

日田の周辺の山から金が産出される。この金が宗麟の足利将軍家への献金、領国支配、更に南蛮貿易を続けるための財源でもあった。宗麟が怒り出すのはもっともなことである。

「関白殿はそのことを知って内蔵助に打診しておられまする。毛利に対しても、裏では豊前と筑前を約束してあるかも知れませぬ。常日頃、領地は腕と力で奪い取れと言っておられます故、黒田官兵衛殿にも九州の所領を与えるという噂がありまする」

宗麟は、大友を取り巻く状況が、臼杵を出る時考えていたよりも、もっと厳しいことに気付いて顔を暗くした。

恵利内蔵助の話は、最近、宗伝が利休から耳にした話である。内蔵助は同僚の内田九郎左衛門と二人で、上方の様子見聞のため大坂に上ってきて、秀吉の幕僚の森吉成に会い、彼の口利きで秀吉に目通りした。その時、秀吉が内蔵助の所領を尋ねたところ、豊後日田に三千町歩持っていると答え、秀吉からその所領安堵の朱印状と褒美の刀をもらって国に帰ったという話であった。

宗伝はその話を聞いた時、いつもながらの秀吉の、相手方を内部分裂させるために使う巧妙な手だと気付いた。内蔵助に所領安堵の朱印状を出すということは、秀吉に臣従させるということだ。内蔵助に秋月からの離反をそそのかしている。秋月種実も種実なら、内蔵助も内蔵助だ。秀吉が遠国の事情にうといのをよいことに、この際人の物まで盗ってしまおうとする魂胆かと、その時腹を立てた覚えがある。

四月五日、利休の案内で宗麟は大坂城に行き秀吉に会った。秀吉は宗麟を自ら案内し、天守閣まで一緒に登り、眼下に次々建てられている大坂の町並みを見せた。

秀吉は、城内の金銀の収蔵庫や南蛮渡来の高価な品々が収まっている蔵、堺の数寄者たちから送られた名物の茶器を見せた。その中に徳川家康から贈られた夏花の茶入、宗麟の贈った茄子の茶入と新田肩衝《にったかたつき》の茶入があった。茄子の茶入は宗麟がかつて足利義輝から拝領した品で、新田肩衝は朝鮮から対馬の梅若を通じて買い求め、今回大坂に来るに当たり宗麟が秀吉への献上品として持参してきた物である。

「豊州殿から送られた新田肩衝じゃ、夏花もある。これで楢柴《ならしば》が揃えば天下の茶入の名品が三つ揃うことになる。これを見るとのう、楢柴の茶壺も見たいものじゃと思うわ……」

と秀吉が言った。

「関白殿下、それは……」

と宗麟は口ごもった。

「知っておる。島井宗室が宗麟殿の買いたいという申し出を断ったのじゃな。儂が宗麟殿なら、欲しければ宗室に言うてすぐ持って来させたものを……。さればといって、宗室と儂とは懇意な仲でもない。そんなことを頼めるものでもないし……」

と秀吉は語尾をぼかし、宗麟の反応を確かめた。

秀吉は明らかに宗麟に迫って、宗室から楢柴を手に入れて献上させようとほのめかしたのである。

島井宗室と宗麟との関係は、長年、宗室が宗麟の政商として働いており、朝鮮王との交易を任せているのだから、宗室は宗麟の家臣に近い存在である。しかし茶事については、宗麟と宗室は気心の知れた友人である。宗麟は宗室の持っている楢柴の茶壺を手に入れようと、一万貫という法外な値段を呈示したことがある。しかし宗室が手放すことを渋ると、あっさりと諦めた。宗麟は、茶器は譲る者と譲られる者との心が通い合って、その茶器の値打が出てくると思う数寄屋人であった。宗麟の信念は、権力によって人の心を抑えるべきでないというものであった。

しかし秀吉からこう言われてみると、宗麟は自分が秀吉と比較されているような不快な感じがした。そして、これが自分の気の弱さで、信長や秀吉のように、しゃにむに己の我意を通そうとする貪欲さを持たなかったからだと気付いた。だからといって、それは宗麟の今までの生き方とまったくそぐわないものだ。宗麟はザビエル神父に初めて会った時から、人間が如何に生きるべきかを悩み考えてきた。

ザビエル神父に会ったのは、二階堂崩れで父義鑑が家臣から殺され、宗麟が大友家を継いだばかりの悲しみの最中だった。

義鑑が殺された二階堂崩れの原因は、宗麟自身の問題からであった。その頃義鑑は、若い側室に八郎という子供を生ませ、側室への情欲と幼い八郎に夢中になった。宗麟の嫡男の資格は大友家の加判衆《かはんしゅう》という重臣会議で決まっていた。愛欲に狂った義鑑は宗麟を廃嫡し、まだ幼児に過ぎぬ八郎を大友家の跡目に立てようとした。

大友家が他の九州の大名たちに先駆けて九州一の守護大名となれたのは、大友家の国政は国主である大友家の惣領の一存で行わず、六人の加判衆の合議に従うとした制度のためであった。加判衆は大友の一門である同紋衆から三名、一族以外の譜代・新参から三名選んで構成される。一族にこだわらず、能力によって譜代・新参の中から重臣を選ぶというこの制度によって、大友家の人材が活性化し、あまたある大友家の支族・庶族を家臣団に組み込み、大友一族の団結を固めさせた。その頃島津は、島津一門の嫡流・支庶流が国主の地位をめぐって抗争を続けていたし、肥後の菊池は、惣領家が支流を家臣団に組み入れることが出来ず、大友家から義鑑の弟を肥後守護職として迎え、菊池義武《よしたけ》と名乗らせる始末であった。

宗麟を廃嫡し、八郎を嫡子にするという義鑑の意向に、加判衆の斎藤播磨、小佐井大和、津久見美作《みまさか》、田口玄蕃の四人が反対した。宗麟の傅役《もりやく》であり、加判衆の筆頭であった入田丹後守親誠《ちかざね》は廃嫡に賛成した。入田丹後はかねてから、宗麟が神経が弱く豊後の国主の跡継ぎにふさわしくないと義鑑に讒言《ざんげん》していた。これは菊池義武が、宗麟を廃し八郎を嫡子にすれば、義鑑の亡き後、自分が八郎を後見し、豊後の国主の座を握れると、入田丹後に宗麟の廃嫡をそそのかしていたからであった。

天文十九年（一五五〇）九月二日、義鑑は兵を伏してこの四人の老臣を城に招いた。田口玄蕃と津久見美作の二人は情報を嗅ぎ付け、病と称して出仕せず、斎藤播磨、小佐井大和の二人が城に入り義鑑の近従に殺害された。斎藤と小佐井が城中で討たれたという報せを聞くと、津久見と田口は直ちに郎党を率いて城に入り、津久見は八郎とその母を殺し、その後自害した。田口は義鑑の警備の侍たちを倒し、義鑑に瀕死の重傷を負わせて、自分の屋敷に戻り立て籠もった。

府内の混乱の時、宗麟は別府にいた。父義鑑は宗麟を遠ざけ、別府で療養するように命じていた。戸次鑑連と斎藤鎮実が別府に駆け付け、義鑑の枕許に連れて行った。義鑑は、戸次と斎藤たちに促されて宗麟の家督相続を認め、置文《おきふみ》（遺言状）を渡し落命した。

父義鑑の地位を引き継ぐと、宗麟は直ちに入田丹後守親誠と田口玄蕃の討伐を命じた。入田丹後守親誠は、義鑑が殺され、宗麟が別府から府内に戻ると聞き付けると、入田の郎党と義鑑の近従を引き連れ高崎山に立て籠もった。田口玄蕃の屋敷は宗麟の討手に火を掛けられて焼け落ち、田口玄蕃は自刃した。高崎城に立て籠もった入田丹後は、戸次鑑連に攻められると、城を逃げ出し菊池義武の所に逃げ込むが、義武に相手にされず自害した。宗麟は義武に詰問の使者を送った。言い逃れ出来なくなった義武は妻の実家の人吉の相良《さがら》に逃げ込む。相良にも宗麟からの詰問の使者が送られると、義武は人吉を去る。やがて義武は宗麟と和解しようと使者を送ってきたが、宗麟は許さなかった。

宗麟の二階堂崩れの後始末は苦渋に充ちたものであった。宗麟の廃嫡に反対し、宗麟の身分を守ってくれた田口玄蕃をも生かすわけにはいかなかった。主殺しという大罪を犯したからであった。

宗麟は、自分が国主になることに、血を分けた父、叔父、まして宗麟を擁護すべき傅役だった入田丹後が反対だったことに衝撃を受けた。父義鑑は、死の床で宗麟に「大友家を任す」とか「後を頼む」などとは言わなかった。宗麟の耳元でささやいたのは、「八郎はいかがした……」と、八郎を案ずる震えた声であった。

ザビエル神父に会った時、宗麟は心の中に誰にも言えぬ苦しみを抱えていた。何故、田口玄蕃を殺さねばならなかったのか。廃嫡される噂を知った時、父を怨み、父の死を願ったことがなかったろうか。入田丹後は御曹司は気が触れてなさると父に讒言したそうだが、自分の側に落ち度がなかっただろうか、と悩むようになった。

ザビエル神父と話をしているうちに、宗麟は告解をしなければ収まらなくなった。ザビエル神父は黙って宗麟の告解を聞いてくれた。意味は分かっていないと思えるのだが、何故か心が通じ合い、宗麟は心が軽くなる気がした。その時ザビエルは、悲しみに潤んだ目をして、たどたどしい日本の言葉で「神の許しを乞い、永遠の命を求めなさい」と教えた。

宗麟はザビエルから教えられた通り神に祈った。すると、宗麟を可愛がってくれた頃の父義鑑の顔が蘇ってきた。それは宗麟が十三歳の初陣の時、父が宗麟に見せた顔であった。

天文十三年、義鑑は一万三千の大友軍を率いて、豊前と筑前との国境にある大内方の鷹取城を攻めた。激しく抵抗した城主・毛利鎮実《しげざね》は、大内方の援軍がなく義鑑に降伏した。毛利鎮実は初陣の鎧姿で着飾った宗麟の前に連れてこられた。

義鑑は二人の前に平伏した毛利鎮実に、

「これが余の嫡男の大友義鎮《よししげ》じゃ。本来であれば汝の首をはねるところであるが、今日はこの義鎮の初陣の日じゃ。汝は若い。将来義鎮に一生忠節を尽くすと誓約すれば、生かしてつかわす」

と上機嫌で言った。

宗麟はその時の父の優しい顔を忘れることが出来なかった。毛利鎮実は義鑑との誓いを守り、豊前と筑前の国境で秋月方に取り囲まれた状況になった今でも大友方の旗を降ろさずにいる。

ザビエルに告解をしてから、父が自分を愛してくれた頃を思い出し、父親を恨む気持が失せ、それ以降、宗麟が何かの問題に行き当たった時は神に祈るようになった。今では宗麟は、現世的利益よりも永遠の命を授かろうと生きるようになった。富も権力も神の目から見れば空しいものと気付いた。そう思うと、宗麟を侮辱したように思えた秀吉の言葉も気にならなくなった。

黄金の茶室に案内され、利休の点前で茶をふるまわれた。秀吉は宗麟に近付いて肩を叩き、まるで旧友のような親しい態度で宗麟に語り掛けた。

「豊州殿は九州一の名家の生まれ、そのお方に尾張の水呑み百姓の出の儂が頭を下げられれば、いやとは言えぬわ。島津の方は本願寺の教如上人をやって、豊州殿と和睦させる。利休から伊集院忠棟《ただむね》に書状を出させ、もう戦いの時代ではないと告げさせる。関白の命令に従わなければ、朝廷に逆らうことになると、重々申し聞かせるわ。それでも従わなければ、軍を差し向け一気に島津を取り潰すまでよ。安心なされよ」

秀吉の「人たらし」といわれる巧みな接待に宗麟は心も解け、先ほど誇りを傷付けられた心の痛みも薄れた。秀吉の巧みな揺さぶりであった。

「どうじゃ、毛利とは色々ござったろうが、この際、和睦しては如何かな……」

毛利元就には弟の大内義長を殺された恨みもあり、しばしば筑前、豊前に侵入されたこともある。それも二十数年も前のことである。散々宗麟を騙し怒らせた元就の毛利狐も今はなく、宗麟は和睦に異論はなかった。

「豊州殿は子だくさん故、娘御がおられよう。儂が小早川隆景の息子・秀包《ひでかね》を養子にとっているから、秀包とめあわせよう」

と秀吉は言って、宗麟の娘マレンシアと秀包との縁談が直ちに決まった。

子供のいない小早川隆景は、家を継がせるため、父元就の末子、隆景の弟に当たる元総《もとふさ》を養子として迎えていた。小早川隆景が秀吉に従うようになって、元総を人質として大坂に送った。秀吉は元総に自分の片諱の「秀」を与えて秀包と名乗らせた。

こうして、宗麟は携えてきていた嫡男義統《よしむね》、高橋紹運・立花統虎《むねとら》親子、大友一門の諸将の服従の誓紙を差し出し、秀吉の家臣となった。

堺に戻った宗麟は上機嫌であった。すでに神の御手に委ねると決めた達観の境地にあった。豊後の重臣たち、紹運・統虎親子に大坂での首尾を書き送った。これでやっと俗事から解放され静かな信仰生活を送れると、久しぶりに爽快な気分であった。

「お館様、首尾は如何でござりました」

と宗伝は妙国寺を訪れ、宗麟に訊いた。

「過分の接待であった。もう世の中は変わっておる。大友と島津は戦う時ではない。両家の怨みを水に流して戦国の世を終わらせ、安国にして、民の苦しみを救うのが国主の務めじゃ」

「ところで、大友の所領は如何なりました」

「関白殿は、儂に任せておけ、九州一の名門の大友家に悪いようにはせぬ、と言われたわ……」

宗伝は、しまったと思った。宗麟の一番の弱点の大様《おおよう》なところを秀吉から巧みに突かれた。自分がそう言えば、宗麟はそれ以上のことは何も言わないと見越しているのだ。まず第一に領土については、はっきりと主張しておくべきだと宗麟に進言しておかねばならなかった。宗伝はほぞを嚙む思いがした。宗伝はじっと宗麟の顔を見た。宗麟の顔には微笑が浮かんでいた。お館様は、まさか秀吉を神と思われたのではあるまい。

宗麟は名門の大友家の頭領として育ち、人に頭を下げたことがなかったから、このような交渉には不向きであることは分かっていた。高橋紹運の兄の吉弘鎮信でも生きていてくれれば、最初に鎮信が来て交渉したであろう。しかし今度の交渉は、宗麟が直接に秀吉と会わなければ成功しなかったかも知れぬ。そう思って諦めなければなるまい。そうであるとしても、高橋紹運に知らせて、島津との和睦を秀吉の斡旋を待つばかりでなく、紹運から島津に働きかける必要があると宗伝は思った。立花道雪亡き後の大友家の支柱は、大友家譜代の臣の岩屋城主・高橋紹運と立花統虎である。宗伝は、さっそく、高橋紹運に会わねばならぬと思った。ことの次第では、自分が島津との交渉の使者に立とうと決心した。

それは、宗像《むなかた》の大宮司氏貞《うじさだ》が四十二歳の若さでつい最近、死んだという報せを聞いたからだった。宗像の血筋がこれで絶えた。宗伝と氏貞は大内義長に小姓として一緒に仕えたことがあった。二人は同年齢ということもあって、一番仲の良い朋輩であった。大内氏が筑前に勢力を延ばすようになって、宗像氏は大内家の被官となり、宗像氏貞の父氏正は防州の黒川に給地を与えられていた。氏貞の従兄弟になる氏男は黒川刑部少輔隆像《たかかた》と名乗り、大内崩れの際、大内義隆に従って陶晴賢の兵と最後まで戦い、義隆が大寧寺《たいねいじ》で自刃するのを見届けた武将であった。

氏貞は宗像に戻って大宮司職を継ぎ、宗麟の養女を妻とし、大友党として北九州の国侍の取りまとめ役を務めていた。武力的には大きな力はないが、古代から続く宗像氏の力は周辺の国侍の大友氏からの離反を防ぐ重石になってきていた。それでも宗像の家臣たちの中には立花家に不満を抱く者たちがいて、天正八年頃から立花家との小競り合いが続いている。氏貞が死ねば、秋月の勢力は一気に遠賀川の下流まで拡がる。すると筑前の北部が不安定になる。宗伝はあまりにも早過ぎる氏貞の死を惜しんだ。

氏貞の死を宗像家では固く秘していたが、宗伝には報せが届いた。氏貞が死んだとすれば北九州に波乱が起こる。宗麟が秀吉に会う日程を打ち合わせるために利休の所を訪ねて行った時、宗伝は大友領のことを詰めた。その時、もう一つはっきりとした回答がなかったことも不安であった。宗伝は利休を訪れ、利休から伊集院忠棟宛の紹介状を書いてもらい、博多行きの船に乗ろうと思った。九州に一波乱あれば、しばらく堺には帰って来れない。交渉がもつれ命を落とすかも知れない。お艶に、当分の間堺を留守にしているが、佐吉に商売を守らせ、和吉を連れて博多に戻る、と話しておこうと思った。

出発しようとする二日前のことであった。宗伝はお艶に茶室を掃除するよう命じた。お艶は「はい」と答えて、午前中茶室の周りの庭と茶室を掃除した。お艶はいつものように客のことは何も聞かなかった。宗伝が大事な客を迎える時は、茶室にお艶だけの出入りしか許さず対談するのが常であった。

お艶が茶室から庭の飛石伝いに宗伝のいる中座敷の前に現れたのは、昼のちょっと前であった。宗伝は、利休からもらった伊集院忠棟宛の紹介状に目を通している最中であった。

沓脱ぎ石の前に立ったお艶が、

「お前様、ご用意が出来ました。いつでもお客様をお迎え出来ます」

と声を掛けた。

宗伝は目を上げ、

「今日はお客様ではない。お艶と二人で茶が飲みたいと思って掃除をしてもらった。久しぶりにお点前を見せてもらいたい」

お艶の目に嬉しそうな輝きが見えた。お艶が宗伝と茶室で茶を楽しんだのは半年近く前のことであった。

「では、私は着替えをいたします」

とお艶は華やいだ目元で答え、立ち去った。

しおり戸を押して茶室へ向かう露路に入ると、女竹の茂みと樹木が店を囲む土塀を巧みに隠し、町屋の中とは思えぬひなびたおもむきの空間があった。そこに藁葺屋根の農家風の四畳半の茶室がある。利休から習ったわび茶を実践するために、宗伝が去年造らせたものである。利休はまだ来たことがないが、道叱や津田宗及は迎えたことがある。踏み石伝いに進むとにじり口に達する。

宗伝がにじり口から茶室に入ると、お艶が出迎えた。垂らし髪にし、見慣れたねずみ色の小紋でなく、紫色の小紋を着たお艶は、若返って見えた。

宗伝は室内を見回した。床の間に野草の画幅が掛かり、瓶子の花入れにかきつばたが一輪差してあった。炉は障子窓の下の部屋の片隅に切られ、茶釜の湯は沸いていた。

お艶は膝先前に置いた茶杓を取り上げ、ふくさで拭うことから点前を始めた。茶入から茶杓で三杯たっぷりとすくい、湯を注ぐと、茶碗の中で茶がぱっと花が開くように散った。それを優美な指先で茶筅を回し、深い濃緑の色合に練り上げた。茶碗は釉薬が溶け、かいらぎの模様のある楽茶碗である。宗伝が博多時代に対馬の梅若から譲られた物で、気に入って使い始めた茶碗である。朝鮮では庶民の日用雑器として使われているものである。ある時、利休に見せると、わび茶には天目茶碗よりもこの楽茶碗の方が趣があるということで、宗伝は持っていた楽茶碗の数点を利休に譲ったことがある。

お艶はゆっくりとした動作で茶碗を宗伝の前に置いた。宗伝は茶碗を取り上げ茶の舌ざわりを楽しんだ。口の中に濃いめの茶の香り、味わいが広がった。深い染み透る味わいであった。

「結構な点前であった」

と宗伝は茶碗を置いて言った。

ほめられて、お艶はかすかに微笑をもらした。

茶が済み、食事が済むと、宗伝は話を切り出した。

「お艶、私はどうしても筑紫まで行って来なければならなくなった。しばらく留守をするが、番頭の佐吉に店とお前のことを頼んでいく。お前も留守を守っていてくれ」

「お館様のことでございますか……」

とお艶が訊いた。

「そうじゃ、九州で島津と大友の戦が始まりそうだ。だからそれを止めに行ってくる」

「お前様が……」

「私の力で止められるかどうか分からぬ……。しかし、やってみるだけの価値はある……」

宗伝の言葉はお艶に聞かせるというよりも、自分自身に言い聞かせる口調であった。

「…………」

お艶は寂しそうな顔をして肩を落とした。

「心配するな。きっと帰ってくる」

お艶は顔を上げて宗伝の顔を見た。お艶の顔は青ざめ、今にも泣き出しそうになった。

「どうした」

宗伝は心配になってお艶に訊いた。

「お前様……。御出立の前に申し上げ難いのでございますが、是非とも知っておいていただきたいのでござります」

「何事か……」

宗伝にはお艶が何を言いたいのか想像がつかなかった。

「お前様……。私は身ごもっております」

「ええ！」

「……………」

お艶は下を向いて黙った。お艶の目から涙がしたたり落ちていた。

「何故それを早く言わなかった」

「でも……。こんな時に……」

お艶は自分がこのまま堺へ戻ってこないのではないかと懼れている、と気が付いた。

「そうか。子供が出来たのか。よかった……。仕事が済めばすぐ戻って来る」

「ややが出来て、嬉しうございます。お前様は……」

と、お艶は目を上げ宗伝の目をのぞき込んだ。お艶はこの数日の宗伝の心労を心配し、言い出しかねていたのだ。お艶の気持ちがいじらしくなった。

「我が子が産まれると聞いて、嬉しく思わない者はおるまい。あまり突然のことで戸惑っている。しかし心配ない。佐吉が残るので面倒見るように言っておく。身体を大事にして、丈夫なややを産んでくれ」

と、宗伝はお艶に優しい言葉を掛けた。

「お前様。こんな時に……」

と、お艶は宗伝の前で泣き伏した。

宗伝はそれから二日後に博多行きの船に乗った。船は堺に荷を運んできた島井宗室の「永寿丸」であった。宗伝は船の上で先日のお艶の顔を思い出していた。子供が産まれるのは嬉しい。堺に帰ってくるとお艶に約束したが、事の次第では戻れなくなるかも知れない。ひょっとすると産まれる我が子の顔を見ることが出来ないかも知れぬ、という不安が心を過《よぎ》る。乳守の頃から慣れ親しんだお艶の肌が恋しい。お艶から子供が出来たことをもっと早く聞いていたなら、九州へ戻ろうと考えただろうか。船を降り堺に戻ろうかと弱気が頭を持ち上げる。しかし堺での任務は大友家の安泰のためであったと思うと、投げ出すわけにはいかぬ、そうすれば今までの人生が無駄になってしまう、と思い返した。

秀吉が九州を思いのままに支配するようになれば、朝鮮・明への出兵を実際にやりかねない。そうなれば、地理的に近い九州の大名家や領民は塗炭の苦しみを味わうことになる。大名や武将ばかりでない。島井宗室のような朝鮮との交易で生活している博多商人、道叱のような堺商人も商売の基盤を失う。鉄砲・火薬を売って儲ける死の商人たちが潤う世の中になる。大安寺の茶会の席で、九州に波乱が起これば鉄砲・火薬を回すと言った摂津屋のどん欲な顔を思い出し不快になった。

島津と大友との戦争は避けたい。万一、島津との交渉がまとまらなければ、博多の鉄砲工場にある鉄砲と火薬を岩屋城に持ち込ませよう。そうすれば紹運は知略を巡らし、島津を防ぐだろう。大友家の安泰のためには、高橋紹運と立花統虎に生き残ってもらわねばならぬ。

宗伝の乗った「永寿丸」は十日目に長州の赤間の関に着いた。「永寿丸」は宗伝にとって思い出のある船だった。永祿十一年（一五六八）、宗伝は島井宗室とともに宗室の持ち船「永寿丸」に乗って朝鮮へ渡った。宗麟の朝鮮王に対する書状を持参していたので、二人は釜山でも漢城でも歓待された。その時、朝鮮と明との国境の兀食喰《オランカイ》まで出掛け、朝鮮人参、虎の皮などの獣皮を買い入れ、膨大な利益を上げた。

関門海峡の潮流は、時刻によって南の周防灘から北の響灘へ流れ、時が経つと北から南へ流れを変える。宗伝の乗る「永寿丸」は赤間の関で潮待ちをした。宗伝は故郷の懐かしい山々を見つめた。長州を出て三十年の出来事が走馬灯のように次々と思い出されてくる。最初に思い出すのは兄の杉民部と義長のことだった。父親の死後、八歳年上の兄は宗伝を我が子のように育ててくれた。義長は二十二歳の若々しい英邁《えいまい》な主君であった。

「お前たち若者が将来の日本を背負って立たねばならぬ。余と兄の義鎮（宗麟）殿は豊後の府内でザビエル神父にお会いした。あのお方は素晴らしいお方だった。地球の裏側から万里の波頭を乗り越え、神の福音を説きにこの国に見えられた。余はあのお方から天体の運行、地球が丸いということを初めてお聴きして、その知識の深さに驚いた。宣教師たちは病院を造り、無償で庶民の治療に当たる。その行動力と情熱には、今までの我が国の僧侶たちにない世の中を変える力がある。この百年、我が国は内乱で苦しんでいる。我が国を平和な世の中にしたいというのが、我ら兄弟の願いだった。

ザビエル神父の教えを聞いて、この信仰の中に民衆の救いがあると気付いた。キリスト教は『汝、人を殺すなかれ、殺す者は審きにあうべし』と説く。宣教師たちの生活を見ろ。生活は質素だ。庶民に神の福音を説き、庶民の医療活動に手を貸している。義鎮殿は、これこそが真の宗教である、とおっしゃった。だからお前たちは教会に通って、彼らの宗教的使命感が如何なるものかを知れ。たとえお前たちがキリスト教徒になるとしても、それがこの国のために良いことであれば構わぬ」

最初、小姓たちは宣教師たちの持つ科学知識に魅せられた。宣教師たちとともに南蛮商人が山口を訪れるようになると、南蛮銃が彼らの興味を惹くようになった。小姓たちの間で、南蛮銃が我が国でも作れるものかどうか話題になり、義長に尋ねようということになった。

義長はその時、こう答えた。

「日本の刀鍛冶の技術があれば、南蛮銃以上のものが作れる。余は義鎮殿と刀鍛冶を使って鉄砲作りをやってみたことがある。余が豊後にいた時、日出《ひじ》の港に南蛮船が漂着した。その船にジョルジュ・アルバレスという南蛮人が乗っていた。南蛮人は我ら兄弟に鉄砲を一丁ずつくれ、鉄砲の操作を教えた。そこで二人で相談し、刀鍛冶たちを使って鉄砲を作ってみようということになった。一番難しい所は手許のねじの部分だった。アルバレスの助言でそれも解決出来た。今では、やろうと思えば刀工を集めれば出来る」

「鉄砲があれば、敵を簡単に打ち負かすことが出来るのではありませんか」

と小姓の一人が訊いた。

「刀や弓と違って、長年の鍛錬の必要がなく、鉄砲の操作はすぐに出来る。そうすれば戦に武士というものがいらなくなる。武士というものは人殺しの集団ではない。武士は国を治める階級だ。常に経世済民・天下太平を考え、領民の幸福を考えるのが真の武士だ。我が国が今乱れているのは、己の利益のみを考えて、天下太平を考えなくなったからだ。この義長は義鎮殿とともに、府内にお見えになったザビエル神父に会ってキリストの話を聴いた。キリストはすべての人を神の子として愛された。国家の安寧は、人間がお互いを敵として憎み合うのでなく、同胞として愛し合うことによって可能になるとお教えになった。我々兄弟が求めていたのは、武器によって人を従えるよりも、民衆が助け合って暮らせる安寧を創り出すことだと気付いた。それからは、鉄砲を作ることよりも、民の心を啓蒙するキリスト教に我ら兄弟の関心が移った」

「鉄砲では、乱世を終わらせ、平和を創り出せないのでしょうか」

と宗伝は義長に訊いた。

「争いが起こるのは人間の心の問題だ。余はザビエル神父を追って豊後に来られたアルメイダ修道士と話したことがある。アルメイダ師は豊後で病院や孤児のための孤児院を造って、庶民の救済に働かれた。アルメイダ師は貿易で儲けた財産をすべてこの事業に使われたということだ。義鎮殿はアルメイダ師に領地を与えようとなされたが、師は、領地などはいらぬ、孤児や寡婦たちが飢えず安心して住める場所を作ってほしい、とおっしゃった。日本の仏教の僧侶は民衆の救済にかかわっていない。二人は、人間の心を救えるものはキリスト教ではないかと思い始めた。この信仰には天下太平をもたらす力があると気付いた」

宗伝はその時の理想に燃えた義長の顔を今でもはっきりと覚えている。

「余と義鎮殿は、余が大内家の跡取りになるについて幾度も議論した。義鎮殿は、主殺しをやるような大内家に余が入っても、傀儡《かいらい》にされるだけだ、将来家臣の裏切りに遭う、と余の命を心配なさった。余は、大内家の安泰が大友家と日本の静謐《せいひつ》に必要だ、と説いた。両家が一つになれば、両家の所領の十数カ国の西国が安定する。足利幕府による国家秩序が回復され、我が国の静謐が達成される、と説得した。天文十五年、義鎮殿は十六歳の世子の時、父義鑑の命により、京に上り足利義輝《よしてる》公に拝謁なされたことがあった。義輝公は義鎮殿より二歳年下の若年ながら気宇《きう》が高く、三好や松永のやつばらを少しも懼れておられず、将来武家の頭領として天下に号令なされる威風をお持ちになっておられるということだった。その時、義輝公と義鎮殿は意気投合なされ、ともに我が国の安国に力を尽くそうということになった。その言葉を聞いて、余は兄と一緒に、我らの祖父大内義興公のように兵を率いて京に上り、三好一味を追い、義輝公の権威を回復したいと思うようになった」

大内義隆の父で宗麟と義長の祖父に当たる大内義興は、京から山口に義興を頼ってきた先の将軍・足利義稙《よしたね》を擁して京に攻め上り、義稙を将軍職に復し、その後十年、京に滞在し、細川氏に代わって管領代として国を治めた。

義長が宗麟のことを語る時、いつも尊敬と愛情をもって語った。その頃から、宗伝は義長が尊敬する宗麟という人はどんな立派な人物であろうかと、宗麟を慕うようになっていた。義長がキリスト教を保護したので、山口では二千名近いキリスト教改宗者が出た。庶民よりも侍階級の中から信者になった者が多かった。宗伝もその折りキリシタンに改宗した。

邂逅

宗伝が宗麟に初めて会ったのは永禄六年（一五六三）、十九歳の時であった。天王寺屋道叱が商用とご機嫌伺いのため豊後の府内の宗麟のところを訪れるということで、宗伝を誘ったのだ。堺では玄蘇に付いての学問の修業も終え、鉄砲の試作品も完成させていた。宗伝は今後の身の振り方を考える年齢になっていた。島井宗室からは、博多に来て彼の交易の仕事を手伝わないかと誘われていた。兄と義長の無念を晴らすこと、杉家の再興を考えねばならなかった。この機会に、宗伝は道叱について豊後に行き、義長の敬愛していた宗麟に会ってみようと思った。宗麟は府内におらず、臼杵の丹生島にいるということで、二人の乗った船は丹生島に回った。

臼杵湾の奥にある丹生島は臼杵川、末広川、熊野川の河口の先の陸地から離れた小島である。臼杵は古代から海人の住む天然の良港であった。宗麟は丹生島で大明国皇帝世宗の使者鄭舜功《ていしゅんこう》を迎え、世宗から倭寇の取り締まりを頼まれた。それ以降、明船が毎年丹生島に来るようになっていた。ポルトガルの海商、メンデス・ピント商会が丹生島に店を開き、南蛮船も定期的に寄港するようになり、港には博多、松浦、堺の商人の船が集まっていた。海岸には商家が建ち並び、キリスト教会も建てられ、紅毛の南蛮人の商人・宣教師が町中を歩き回っていて国際色に彩られていた。宣教師や修道士が辻で説法を説く姿も見られる。宗伝は少年時代の山口の町を思い出した。このような町を作り上げた宗麟の気宇の高さと先見性に心の踊る思いがした。

船から岸に上がった宗伝と道叱は宗麟の屋形に案内された。東は海に面し、三方が高い崖となっている岩山の上の屋形から、眼下に臼杵の港が一望でき、唐や南蛮、各地から集まった商人たちの船から、荷物が艀に積まれどんどんと浜に陸揚げされていた。北側の崖の下に侍屋敷が建ち並び、そこから橋を渡った西に商人たちの町がある。町の一角に唐人・南蛮人の店もあった。その町並みの裏の山麓に、建てられたばかりのキリスト教会があった。一日に七度、聖務の日課の鐘がなる。

宗伝たちが通された部屋は、唐物の紫檀《したん》の卓と椅子、銀の置時計が置かれ、壁面は世界地図で飾られていた。道叱と宗伝は椅子に坐って宗麟を待った。出てきた宗麟は、毛織物の南蛮服を着て、帽子を被っていた。南蛮服を着た二人の小姓に葡萄酒の瓶の栓を抜かせ、きらきらと光るギヤマンの杯に赤紫色の葡萄酒を注がせた。二人は勧められて、葡萄酒を飲んだ。口の中に甘酢っぱい味と馥郁《ふくいく》とした香りが広がった。宗伝は、すべてのことが新鮮で、宗麟に魅了されてしまった。宗麟は宗伝のことを杉興運の末子と知っていた。おそらく道叱が前もって書簡を送り、知らせていたに違いなかった。

「義長の最期に従って腹を切った杉民部の弟か」

と宗麟は宗伝に訊いた。

「さようでござりまする。民部大輔の弟の杉重義でござります」

宗伝は宗麟が自分のことを知っているのが嬉しくなって、緊張して答えた。

「杉家は代々博多所司代を勤めた家じゃったな……」

と宗麟から尋ねられた。

宗麟は宗伝の仕えていた義長によく似ていた。宗伝は宗麟に初めて会った気がしなかった。義長に感じたのと同じ知的な雰囲気のある英邁な君主に思えた。

「重義殿はお館様の弟君の義長殿に小姓として仕えておりました」

と道叱が口を挟んだ。

「なに、そなたは晴英に仕えていた……。晴英には可哀相なことをした。あの時、余は元就に幾度も使いを送り、晴英を豊後に戻すよう申してやった。すると毛利狐めは三宅善四郎とかいう家臣を遣わし、大内家の重器の瓢成《ひょうなり》の茶入を持参させ、晴英様は毛利の船で丁重にお送りいたすと申して寄越した。ところが城を囲み大友と連絡のつかぬようにして、家老の内藤が腹を切れば晴英を豊後に戻すと約束し、城を明け渡させ、内藤に腹を切らせた。そしてこの宗麟が晴英の命と引き替えに瓢成の茶入を所望したと悪辣な噂をまき散らした。晴英の無念を思うと、宗麟は胸が張り裂けるばかりじゃ。よって余は大徳寺の僧怡雲《いうん》を招き得度《とくど》を受け、髪を剃って僧体になっておる」

と言って南蛮帽を脱ぎ、坊主頭を見せた。

「私の兄の杉民部は毛利の底意を見抜いておりました。勝山城に籠城するに当たり、私を筑前に落とさせたのでございます」

と、宗伝は筑前に逃れ、堺に行って道叱のところに身を寄せていたことを語った。

「それで、堺で今までどうしていた」

と宗麟が訊いた。

「妙法寺の僧玄蘇殿から学問を学んでおりました。それと鉄砲を作ることを学んでおりました」

「鉄砲を……。それは」

「義長様にお仕えしていた折り、鉄砲を見せていただきました。そしてお館様と義長様が若い頃鉄砲をお作りになったことがあるとお聞きいたし、自分でもそれを作ってみたくなったのでございます」

「義長がそなたに鉄砲を見せた……。思い出した。我ら兄弟が日出に漂着した南蛮商人から鉄砲をもらったことがあった。それで鉄砲が出来たか」

宗麟は懐かしい過去を偲ぶ子供のような目をした。人懐っこい表情だった。宗伝はこの人は心根の優しい人だと感じた。

「出来ております。持ってきておりますので、御覧いただきたいと思います」

「是非見たいものだ」

宗伝は宿舎に置いていた鉄砲を取り寄せて宗麟に見せた。宗麟は鉄砲を手に取って眺め、庭先に的を用意させて試射した。二町ほど離れた的を鉄砲の弾は打ち抜いた。

「見事な出来映えじゃ……。堺でこの鉄砲を作ろうと考えているのか」

と宗麟が訊いた。

「そこまでは、まだ……。島井宗室殿が博多に来いとおっしゃっておりますし、また師の玄蘇和尚が博多の聖福寺の僧として昨年博多に引き揚げなさいましたものですから」

「西国に戻って来るつもりか……。筑前は杉家にゆかりの深い土地じゃ。余の家臣の中にも大内家の譜代が多くいる。確か龍徳城の杉連並はそなたの身内であろう」

「その通りでございます。それがしの従兄でござります」

と宗伝は答えた。

「うん、そうか……。豊前の長野も宇都宮も今では余に従っている。彼らは楯矛を使わずこの国を安国する余の考えに賛成し従うようになった。みんな殺し合うのにうんざりしておる。今からは明との交易、南蛮交易で国を富ませ民を養う時代である。それには我が国に明や南蛮人の求める交易品がいる。筑前には左文字刀《さもんじとう》といって、明まで鳴り響いた刀を作った刀工たちがいる。彼らはかつて明との交易で潤った。彼らなら鉄砲が作れる。鉄砲を作れば南蛮交易の交易品になる。是非やってみたらどうだ」

「左文字刀の刀工のことは島井宗室殿から聞いております」

「では、作ってみろ。出来れば余が買い上げてやる」

宗伝の宗麟との会見は、お互いが好印象を持った。

道叱と宗伝は教会の夕べの祈りの鐘を聞くと、教会の晩課に出席すると言って席を立った。二人が泊めてもらうことになっている豊後商人の大賀宗九《そうく》から、一緒にミサに出席しようと誘われていたからである。

町に出ると、一日の仕事を終えた信徒たちが教会に向かって歩いていた。女たちは頭にベールを被っている。教会の前に待っていた大賀宗九とともに教会の中に入った。集まった信徒の中には武士も町人も、紅毛の南蛮人、唐人服を着た明人もいた。臼杵は国籍の異なる民族が寄り集まる国際都市になっていた。

宣教師がおごそかな声で主禱文を読む。

「天にましますわれらが御親、御名をたっとまれ給え。御世の来たり給え。天において御思召のままなるごとく、地においてもあらせ給え……」

「聖寵の充ち充ち給うマリアに御礼をなし奉る。御主は御身とともにまします。女人の中においてベネジイト（博愛）にてわたらせ給う。また御胎内の御身にましますゼウスはベネジイトにまします……」

信徒たちは宣教師の声に和して祈った。

教会の隣はルイス・アルメイダが開いた救貧病院であった。百人ばかりの身よりのない子供たち、老人や寡婦がここで生活している。平戸では仏教徒との衝突でキリシタンが追放され、今では豊後がキリシタン信仰の中心となっていた。宗麟のキリシタン庇護もあって、臼杵のキリシタンは弾圧されず信仰を守って暮らしていた。

ミサが終わって、三人は大賀宗九の店に向かった。すれ違う臼杵の住民は丁重に三人に頭を下げて挨拶する。宗伝は落ち着いた臼杵の町の雰囲気に宗麟の人柄を見る思いがした。日本の安国がここから始まってほしいと願った。

「どうです、初めて来られた臼杵の印象は……」

と大賀宗九は宗伝に訊いた。

大賀はかつて豊後海部《あまべ》郡の栂牟礼《とがむれ》城の城主として、大友宗麟に仕えていた武将であった。貿易立国を目指す宗麟は大賀に豊後商人を束ねさせている。武将の頃は佐伯と称していたが、商人になるに当たって大神《おおが》の姓が本姓であることから、大賀と名乗るようになったということである。

「素晴らしい町です。港には南蛮船、唐船が集まり、町は国際色豊かです。司祭様が日本語で祈禱文を上手に読まれるのには驚きました」

「それですよ、キリシタンが広まるのは……。南蛮人の司祭やイルマン（修道士）が日本語を覚えるのは脅威的な早さです。一年も経たないうちに言葉を話します。ポルトガル人たちの間でも、お互いにポルトガル語を使うことが禁じられております」

「アルメイダ神父様が豊後におられるとお聞きしておりましたが」

と宗伝は訊いた。大内義長から聞いたことのある、全財産を投じ豊後で教会と救貧病院を設立したというアルメイダに会ってみたかった。

「残念ですが、アルメイダ師は今、肥前に行っておられます。平戸がキリシタンを追放しましたので、肥前に新しい教会を建てるということでござりましょう。西肥前の領主・有馬義《よし》貞《さだ》殿、大村純忠《すみただ》殿たちは豊後からパードレを送ってキリスト教の教えを広めてくれとお館様に頼んでまいりました。キリスト教の教会が出来れば南蛮船が寄港するようになり、領地が栄えるようになるからです。お館様は九州探題としてコスメ・デ・トルレス神父やアルメイダ師に御添書を与えられ、お二人を優れた神のお使いであると推薦なさいました。パードレ様たちのキリスト教を広めたいという情熱と、お館様のキリスト教の教えを広め、信仰という絆で結ばれた、戦いも裏切りもない平和な国を創りたいという信念とが結び付いたのでござりましょう。領主たちの目を海外に向けさせ、南蛮交易で国を豊かにし、狭い領地をめぐって争うことをやめさせる。部下をそのように啓蒙するのが九州探題の仕事だとおっしゃっておられます。

今では各地の領主たちはお館様に心を寄せ、従うようになりました。昨年、アルメイダ師は薩摩、天草、五島列島にも行っておられます。口之津《くちのつ》ではすでに教会が開かれ、有馬義貞殿や家臣たち二百五十人が洗礼を受けたということでした。まもなく宗麟公のご威光は九州全土に行き渡りましょう」

「豊後では平戸のようなキリシタンと仏教徒との争いはござりませぬか」

と宗伝は宗九に訊いた。

「家臣たちはお館様の御心を知っていますから、問題は起こっておりませぬ。紛争が起こるのは国主の器量の問題でありましょう。仏教の僧侶たちがキリスト教に反対するのは、キリスト教が広まれば僧侶たちの手に多額のお布施が入らなくなり、贅沢な暮らしが出来なくなるからでござりましょう。僧侶たちは、神父たちは人間の血を飲む悪魔だ、キリスト教は何も根拠のない霊魂の不滅を説いて庶民を迷わす邪教だと攻撃しております。神父様たちの飲まれるのは葡萄酒に過ぎませぬ」

「私たちは今日屋形で、お館様から葡萄酒をいただきました。おいしい酒でした。それを人間の血だと言う者がいるのですか。一遍飲んでみたら分かりましょうに……」

と宗伝は僧侶たちの頑《かたく》なさを笑った。

「お館様は賢明なお方でござります。大村の純忠殿が洗礼を受けてキリシタンになられた時、この国で大名の中から初めてキリシタンが出たとお悦びになられました。ご自身はザビエル師にお会いになった時から、キリスト教に心を寄せておられます。家臣にキリスト教の洗礼を受けるように勧められますが、ご自身は『余がキリシタンになって家臣たちが分裂するのでなければ、キリシタンになる』と仰せられておりまする。お館様はポルトガル王のドン・セバスチャンに『今この国にはパードレ二人とイルマン三人しかいない』と手紙を送られて、パードレとイルマンを送ってくるよう要請なさいました。今年になってマカオからルイス・フロイス、ジョバンニ・バッティスタなどのイルマンが豊後にやってまいりました。彼らは豊後を中心にしてキリスト教の教えを全国に広めると聞いております。お館様のお考えのように、キリスト教がこの豊後から広まれば、ヨーロッパのローマのように、戦わずして豊後がこの国の中心となりましょう」

それまで、日本にいたパードレはガスパル・ヴィレラとコスメ・デ・トルレスの二人と、修道士のアルメイダ、アイレス・サンチェス、ジョアン・フェルナンデスの三名に過ぎなかった。ガスパル・ヴィレラは京で活動し、コスメ・デ・トルレスは豊後・肥前を往復し教えを広めていた。

「お館様はキリスト教の信仰で、日本を一つの国にしたいとお考えになっておられますするのか」

と宗伝は訊いた。

「この国の乱世を終わらせるには、キリスト教の愛の教えが必要と考えておられます。お館様はガスパル・ヴィレラ神父が京へお上りの時、将軍義輝様宛に推薦状を添えられました。そのお陰でパードレは京にとどまることを許され、キリスト教の布教を行うことができたのです」

「お館様は武術にも大変秀でておられるとお聞きしましたが……」

と宗伝は訊いた。

「よくご存じでございますね」

「義長様にお仕えしていた頃、義長様は兄の義鎮公を文武両道に秀でた名君とおっしゃっておられました」

「宗麟公は、京に上洛なさりました折り、新陰流《しんかげ》の達人・上泉秀綱《ひでつな》と丸目蔵人《まるめくらんど》との御前試合を御覧になり、将軍義輝様が上泉秀綱に師事なされて新陰流の免許皆伝の腕前であることをお知りになりました。宗麟公は、豊後に丸目蔵人を呼び寄せて剣をお習いになり、体捨流《たいすて》の免許皆伝を授かっておられます。儒学、禅を学ばれ、文武両道に達した名君でござりましょう」

と宗九は宗麟をほめた。

「聖人君主ではござりませぬか」

と宗伝が訊いた。

「聖人君主という言葉は宗麟公のお嫌いな言葉です。人間というものは到底聖人君主になれるものではない、人も殺さねばならない場合もある。大内義隆殿は儒学を極められ、聖人君主になろうとして部下に殺されることになった。余も叔父の菊池義武を殺した。謀反を企てた重臣たちを余儀なく殺さねばならなかった。だから到底聖人君主になれぬ、と宗麟公はおっしゃっておられまする。ご自分に欠点があることをお認めになるところが、ただの君主と違って、聡明なお方だと我らは尊敬しているのでございますよ。

宗麟公の偉いところは、他の武将たちと違って、謀反を企てた家臣たちの罪を一族に及ぼしになりませぬところでございます。罪は罪を犯したその者だけの罪で、その妻や兄弟、子供たちに関係ないと仰せられております。ですから一万田鑑実《あきざね》殿の弟・親宗《ちかむね》殿は、今では筑前の名家の高橋家を継いで高橋鑑種《あきたね》となられ、宝満城、岩屋城の城督として大友家の重鎮でございます。鑑種殿は宗麟公から高橋家を継ぎ筑前都督になるように命じられた時、過分の抜擢だと涙を流して宗麟公に忠誠を誓われたとのことでございました。人の魂は本来善なるものと人間を信じておられます」

「義輝公は宗麟公の人柄を信頼なされて、ご相伴衆、九州探題、六カ国守護職に任じられておられまするのですな」

と道叱が言った。

「昨年は義輝公から将軍家の桐の御紋の使用を許されてございります。さっそくそのお礼に奥方の兄上の親賢《ちかまさ》殿を京に上らせて義輝様のご機嫌伺いをなさいました」

「お館様の奥方様は一色義清《よしきよ》様の姫君でござりませぬか」

宗伝が訊いた。宗伝は山口にいた時、若狭の国主の一色の姫君が宗麟に嫁いだという話を聞いたことがあった。

「あの姫君は早く離別されて国許にお帰しになっておられます。一色との縁組みはお父上の義鑑様が定められたことだと言われて、国東の奈多八幡宮の祝《はふり》・奈多大膳鑑基《あきもと》の娘御の矢乃様を迎えておられます。矢乃様の兄上の親賢様は国東の田原に御養子に参られて田原親賢と名乗っておられます。優れた歌詠みでござりまして、もっぱら京との交渉ごとは親賢様がなさっておられます」

「お父上のお決めになったお相手を離別なさって、好きな方を迎えられたのでござりますか。ご側室にでもなされればよござりましたものを……」

と道叱が言った。

「それが出来ないお方です。一度こう思い込んだら押し通される強いところをお持ちでございます」

「では、ご夫婦の仲は格別良いのでござりましょう」

「三人の男のお子様と二人の娘御がお出来になっておられます」

宗伝が臼杵で聞いた宗麟の評判は、非常に良いものだった。義長公が生きておられたら、宗麟公みたいな主君になられたかと考えると、宗麟との出会いに宗伝は宿命的なものを感じた。

　宗麟に勧められたように、左文字刀の刀工たちを使って鉄砲を作り始めようと思った。宗伝は、道叱と別れて博多に向かう船に乗り、筑前博多に向かった。

元就の侵攻と筑前争乱

筑前では遠賀川の下流の芦屋の辺りで、昔から良質の砂鉄が採れた。この鉄で芦屋釜、刀剣が作られた。芦屋釜はその優れた鋳造技術で、茶人の間で芦屋茶釜として珍重され、刀剣とともに明との交易品として人気があった。刀剣は一回の遣明船に二万本も積まれるという日本の最大の交易品であった。積み出される刀には豊前刀、肥前刀、筑前刀などがあった。それらの刀剣の中で筑前左文字刀が刃紋の美しさ、切れ味の良さで一番高い評価を受けていた。左文字刀の鍛冶職人は太宰府近くの本道寺村に住む宝満山の竈門《かまど》山寺の修験僧たちである。彼らは竈門山寺の寺宝や修験僧の持ち物である宝刀、山刀、錫杖《しゃくじょう》、山槌《やまづち》などを作るかたわら、遣明貿易で輸出する刀剣を作っていた。村長《むらおさ》で鍛冶の頭領でもある本道寺左文字安吾《あんご》の名にちなみ、彼らの作る刀を左文字刀と称していた。

宗伝は島井宗室とともに、宝満山の東麓にある鍛冶たちの住む本道寺村を訪れた。安吾は岩屋城主、博多所司代を勤めた宗伝の父をよく知っていた。

「あなた様の父上には、遣明貿易の際、大変お世話になりました。あなた様のことは他人のようには思えません。我ら左文字刀の刀鍛治たちは今まで幾度も自分たちの手で南蛮銃を作ろうとしたのですが、砲身のねじを切るところがうまくいかず出来ませんでした。重義殿がその部分の解決方法をご存じで、それをお教えいただけるならば、きっと優れた鉄砲を作れると思います」

遣明交易が絶え、輸出用の刀剣を作るのをやめたため、村の生活は苦しくなっていた。

「筑前の玉鋼と左文字刀の技術があれば、きっと成功します。鉄砲が出来れば博多に来る南蛮人、明人に売ることが出来ます。宗麟公は、鉄砲が出来れば買い上げてもよいとおっしゃっておられます。左文字刀の輸出がなくなって困っておられる刀職人たちには願ってもない機会ではありませんか」

と宗室は村長の安吾に言った。

「そうです。寺宝や宝刀だけでは生活も成り立ちません。刀鍛冶たちの技術はどんどん落ちてまいります。重義殿から習って是非やってみましょう」

三人が話をしているところに、一人の娘がお茶と茶菓子を持って入ってきた。宗伝と同じ年頃の娘だった。安吾の娘の於徳であった。於徳は茶托に載せた湯呑と皿の羊羹とを盆から

取り上げて、宗伝と宗室の前に静かに差し出し、

「粗茶でございますが……」

と言って顔を上げた。

宗伝は於徳と顔を会わせてにっこり笑い、軽く頭を下げて会釈した。美しい娘だと思った。

「これが娘の於徳でござります。身の周りのお世話は於徳にさせますから、ここに滞在なさって鉄砲を完成させてください」

と安吾は宗伝に言った。


宗伝は刀鍛冶たちに鉄砲の製法を教えるため、この村に三年間住んだ。筑前芦屋で採れる良質の玉鋼、左文字刀の職人たちの優れた技術によって、射程距離の長い、命中精度の高い鉄砲が出来た。宝器などを作っていた刀工たちの細かい作業の伝統の技が鉄砲作りに生かされたのである。

本道寺村の生活は宗伝に物作りの楽しさを教えてくれた。また、安吾の娘於徳と結ばれ新しい家族を得るという充実した青年時代であった。於徳は近隣の国侍の許に嫁いでいたが、嫁いで一年も経たないうちに、夫が合戦に出陣し討死したため父親の所に戻ってきていた。宗伝よりも二つ年上であったが、よく気のつく縹緻良しの娘だった。於徳が宗伝の寝泊まり

する離れの茶室に食事を運んだり、布団の上げ下げに出入りしているうちに、若い二人は恋に落ちた。そして於徳との間に於綾という娘が生まれた。

鉄砲が完成し宗麟が買い上げ、左文字刀の評価を知る博多の唐人や博多の港に立ち寄る南蛮人の手によって国外に販路が拡がり、鉄砲の生産が軌道に乗るようになった。そうなると、山奥の本道寺村では何かと不便であり、島井宗室の世話で、博多に鉄砲工場を作ることになった。

宗伝が一緒に博多へ出ようと言い出すと、最初、於徳は拒んだ。

「この本道寺村は守護不輸・不入の土地でございます故、ここには戦は及びませぬ。あなた様は杉家再興の大望をお持ちのお方。この於徳がついてまいりますと足手まといになりましょう。於徳はこの村で左近様のお帰りを待っております」

「私は宗麟公に引き立てをいただいているが、家臣ではない。宗麟公の貿易立国の夢を、島井宗室殿、大賀宗九殿と一緒に実現したい。於徳が付いてくるなら商人になる。一廉《ひとかど》の商人として博多に店を構えるには妻がいないと困る」

「では、左近様はこの私を妻にと申されるのでございますか。私は左近様がこの村におられる間だけの女と思うておりました」

「もう於綾という子をなした仲ではないか、また次の子も来年には生まれる。そなた以外に妻はおらぬわ」

於徳の腹には次の子が宿っていた。於徳は宗伝のその言葉で博多に出る決心をした。

その頃、足利義輝が室町御所で三好義継、松永秀久によって殺害される事件が起こった。義輝の死の報せを聞いて、宗麟は悲しみのあまり九州探題の職を捨て、館から失踪した。家臣一同驚き、領内をくまなく捜し回り、やっと見つけ丹生島の館に連れ戻った。宗麟の夢は、祖父の大内義興のように大軍を引き連れ京に上洛し、幕府を再建することでこの国に秩序をもたらすことであった。足利義輝はかねてから宗麟に、兵を引き連れ、京に上ってくるよう望んでいた。毛利は虎視眈々と大内氏の旧領の豊前・筑前を狙っていて、到底上洛は出来なかった。そこで鉄砲五百丁、青銅五万匹を送り、義輝を援助した。義輝に送った鉄砲は宗伝に本道寺村で作らせたものである。

律儀な宗麟は義輝の死で己を責めた。それからの宗麟は政務を怠るようになり、政治に興味を失った。白拍子、舞妓を館に呼び、日夜遊興に耽るようになった。戸次鑑連などの硬骨の家臣が忠告に訪れても会おうとしなくなった。そんな宗麟の状況を耳にした毛利元就が、筑前・豊前に触手を伸ばしてきた。

永禄九年（一五六六）、毛利元就は尼子義久を討ち、出雲の富田城を奪い、後顧の憂いがなくなると、北九州に侵入を企てた。元就は筆まめな策謀家だった。自分の子供たちにもまめに手紙を送っている。元就は宗麟が異教の布教を奨励し、女色に溺れ、庶民の困窮を顧みず重税を掛け、南蛮の高価な珍しい物を買い入れ、贅沢な暮らしをしていると誹謗し、宗麟に謀反を勧める密書を北九州の国侍たちに送り付けた。元就は出雲の尼子氏を分裂させるためにもこの手を使い、尼子氏の惣領の尼子晴久《はるひさ》と叔父国久の尼子新宮党とを対立させ、晴久に国久を殺させた。また元就は実弟の毛利元綱とその一族を皆殺しにし、毛利家を相続した男である。元就の謀略の矛先は岩屋城・宝満城の城主、筑前都督として、宗麟の信頼の厚い高橋鑑種に伸びた。鑑種は大友家の一門の一万田家から継嗣のいない高橋家に入った筑前三原郡一帯の領主であった。高橋家は大蔵党の惣領家である。

大蔵氏は応神天皇の時代に朝鮮半島から渡ってきた阿知使主《あちのおみ》を祖とし、代々大和の檜隈《ひのくま》に住み天皇家に仕え、三蔵のうち大蔵を司ったと伝えられている。天慶四年（九四一）、藤原純《すみ》友《とも》の乱に当たり、始祖の大蔵春美《はるみ》は小野好古とともに従軍し、藤原純友一味の討伐に功績を上げた。その後、大蔵春美は京に戻らず筑紫に住み付き、筑前・肥前・豊前・壱岐・対馬の管領を命じられ、大宰の少弐の官に就き、その後裔は大宰府官人、郡の大領・小領に任じられた。鎌倉時代には各地の地頭職、荘園の荘官などに就任、高橋・秋月・原田・江上・天草・大矢野の支族に分かれ、九州各地に根付いた。鑑種は宗麟から高橋家を継ぐように命じられた時、由緒のある大蔵家の惣領家を継げる嬉しさのあまり号泣して、宗麟に終生の忠義を誓ったはずであった。元就はその鑑種に密使を送り、大友家からの自立を勧めたのである。野心家の鑑種はその頃の下剋上の世相に心を燃やした。一介の油売りの斎藤道三が美濃の国主になれた時代である。

元就は鑑種に、周防にいる筑紫惟門《これかど》・広門《ひろかど》親子、秋月種実《たねざね》・種冬・種信の三兄弟を筑前に送り込むと約束をした。筑紫惟門と秋月文種《ふみたね》は、元就が大内義長を滅ぼした際に、元就に呼応して筑前で反大友の兵を挙げ敗れ、文種は腹を切り、筑紫惟門・広門は周防に逃げた。

文種は家臣に託し、種実・種冬・種信三兄弟を毛利を頼らせ防州に逃れさせた。宗麟が義長の救援に兵を送れなかったのは、筑紫、秋月というような元就側に荷担した筑前・豊前の国侍たちの騒動によるものだった。

鑑種は、今立ち上がれば筑紫親子、秋月三兄弟ばかりでなく、筑前・筑後・大蔵党の国侍たちも付いてくる絶好の機会と思った。

博多のすぐ北に西の大友といわれる立花領があり、そこの城主は立花鑑載《あきとし》だった。立花領は豊後の大名の大友氏時《うじとき》が足利尊氏の室町幕府創建に貢献した功績により与えられたものである。氏時は弟の貞載《さだとし》に立花領を与え、その子孫が立花姓を名乗り鑑載まで続いていた。

永禄九年五月、立花領の糟屋《かすや》郡蔦野村で元就の高橋鑑種に送る間者が警備中の立花の家臣に捕まり、その懐から宗像・麻生宛の謀反を勧める回状が出てきた。それに鑑種の添状が付いていた。宗像、麻生などの国侍に、宗麟に対する謀反をそそのかす文面であった。鑑載は捕えた間者と密書を豊後の宗麟の許に送った。鑑種の謀反はこういう経緯で暴露された。

宗麟は信頼していた鑑種の謀反に驚いた。鑑種は、宗麟の弟の義長が元就に殺された時、その非道を一番恨んで、周防に軍を出そうと言い張った男だった。宗麟は鑑種が元就に籠絡されるはずがないと信じていた。宗麟は鑑種に詰問の使者を送るが、鑑種は巧みに申し開きをする。宗麟は大友一族で筑前都督まで任せた鑑種の言葉を信じ、討伐を躊躇し一年ほど過ぎた。

宗麟は大友家の当時の分国支配体制に満足していた。大友家の分国支配は宝満城の筑前都督・高橋鑑種、豊前妙見城の豊前都督・田原親賢（紹忍《じょうにん》）、筑前志摩郡の柑子岳《こうじだけ》城督・臼杵鑑続《あきつぐ》、筑後の赤司城の筑後守護代・戸次鑑連、筑前立花城の立花鑑載によって治められ安定し、肥後は阿蘇、相良などの数代にわたる親大友政権である。肥前は有馬、大村、龍造寺、松浦などの領主が宗麟の六カ国守護職、九州探題職の権威に服属している状況であった。軍事行動を起こして騒動を起こす気にはなれなかった。特に鑑種は結束の固い大友の同紋衆、一万田の出である。

鑑種は宗麟に謀反の意志がないとつくろっていたが、永禄十年六月、これ以上隠しようがなくなり、岩屋城、宝満城で謀反の旗を揚げた。鑑種の呼び掛けに応じ、筑紫惟門・広門の親子が周防から戻り、那珂川の五ケ山城に立て籠もった。

七月七日、大友の二万の軍勢は戸次鑑連、吉弘鑑理《あきまさ》、臼杵鑑速《あきすみ》、吉岡宗歓《そうかん》、斎藤鎮実などに率いられて太宰府に到着、鑑種の兵を一掃し、臼杵鑑速は岩屋城を猛攻し、鑑種の片腕で岩屋城の城主・足立兵部を討死させた。

筑紫惟門の籠もる五ケ山城は筑前、肥前の国境の那珂川上流の山深い谷間の奥にあった。城は斎藤鎮実の筑後兵八千によって包囲された。地の利に勝る筑紫勢の防戦に門注所鑑豊《もんちゅうじょあきとよ》などの諸将が討死した。寡兵の筑紫軍の抵抗もそこまでだった。毛利の援兵は来ない。鑑種は宝満城に立て籠もり大友軍の攻勢を防戦するだけで、筑紫の援助に城を出てこない。七月末、惟門は自分が腹を切ることで、嫡男広門の命を救い、筑紫の名跡を残すように宗麟に申し入れた。部下の門注所鑑豊を失った攻撃軍の大将・斎藤鎮実は、惟門の降伏を認めようとはしなかった。

宗麟は筑紫家の滅亡を惜しんだ。筑紫はかつての三前二島の小弐の分家である。肥前守護職の小弐冬尚《ふゆひさ》が龍造寺隆信に滅ぼされ、小弐の「四つ結いの紋所」を保つのは筑紫だけになってしまっていた。宗麟は惟門が腹を切ることで筑紫の降伏を認めた。

永禄十年八月、元就は秋月種実・種冬・種信の兄弟に軍資金八十貫を持たせ、三千の兵を付けて高橋の謀反に荷担させた。種実にとって鑑種は大蔵党の頭領である。種実は、頭領を助け父文種の所領を取り戻すと意気込んで秋月に乗り込んだ。八月十五日、宝満城の包囲に吉岡宗歓を残し、戸次・臼杵・吉弘の軍二万で秋月を攻め、秋月邑城を攻め落とした。秋月種実は秋月邑城から古処山城に逃げ込み籠城し、大友軍の手薄の所を古処山城から出撃し襲うゲリラ戦を繰り返し、大友軍を悩ませた。

九月に入ると、毛利が関門海峡を渡海するという噂が流れ、大友軍に参戦していた豊前の長野・城井・宇都宮・後藤寺、筑前の原田・宗像・麻生などが国許に兵を引き連れ帰国した。国許に戻った宗像氏貞は毛利に荷担し、赤間城から出撃し立花城に攻め寄せ、和白の浜で立花軍と戦う。筑前の怡土・志摩郡では大蔵党の原田隆種が大友家の志摩地方の政所の柑子岳城を攻め、大友方の諸将の奮戦で撃退された。筑前志摩の三百町歩の領地は、大友家が蒙古襲来の時の功績で北条時宗から授かり、長年維持してきた直轄領である。大内家に博多を奪われている間、志摩領の今津の港が対明・対朝鮮交易の大友家の窓口であった。国侍たちの蜂起で筑前一帯が争乱に巻き込まれてしまった。

畿内においても混乱が続いた。義輝を暗殺した三好三人衆と松永弾上久秀の仲が険悪になり、松永はかつての敵であった管領家の畠山高政を担ぎ出し、泉州・紀州・根来の兵七千を集め三好三人衆と戦って敗れ、堺の町に逃げ込む。松永は堺の会合衆の力で三好衆との和睦を斡旋させる。堺の町を仕切る能登屋、紅屋は浪人を集め防備を固め、松永・畠山の負けを宣告し、松永の大和への撤退を認める裁定を下し、もし三好三人衆がこの裁定に従わない時は、堺の町は三好側に今後一切軍用金、糧米の用立てをしないと通告した。三好側は堺の会合衆を敵に回す不利を悟り、堺の堀の外で勝鬨を上げて退き、松永は大和に無事に逃げ帰ることが出来た。

ところが松永と三好との戦いはこのままでは収まらなかった。三好家の頭領として担がれていた三好長慶の甥の三好義継が、三好三人衆の合議で新将軍に阿波公方の足利義栄を徳島から迎えるようになったことに不安を感じ、松永を頼って奈良にやって来た。三好家の執事であった松永には三好家の頭領・三好義継を擁護するという挙兵の名目が出来た。さっそく松永は兵を挙げ、三好三人衆が陣を敷く東大寺を急襲して大仏殿に火を掛け、三人衆の軍勢を大混乱に陥し敗退させた。永禄十年十月十日のことである。

その後の松永と三好との戦いは膠着状況になった。足利義栄を担ぐ三好衆は朝廷に、義栄に対する将軍職宣下を求めた。足利義輝の暗殺が世の批判を浴び、足利義輝の弟の奈良興福寺の塔頭、一条院の門跡覚慶《かくけい》が松永の襲撃を免れ、細川藤孝の手引で近江に逃れ、還俗し足利義昭と名乗り、越前の朝倉氏に身を寄せていた。義昭は越前から全国の大名に自分を将軍職に擁立するようにと御教書を送っている。かかる状況では、朝廷はおいそれと義栄の将軍職を認めなかった。

元就にしても、大友家との戦いばかりでなかった。元就の孫娘の嫁ぎ先である北伊予の河野通宣《みちのぶ》が、中伊予の宇都宮豊綱に攻められて滅亡の危機にあり、元就に救援を求めてきていた。

宗伝と宗室が宗麟から命じられて朝鮮に旅立ったのは、このような時期であった。宗麟はそれまで臼杵から豊後商人に命じて寧波《ニンポー》、マカオ、ゴアに使節を派遣している。宗麟の目指す貿易立国のためには朝鮮との交易を拡大する必要があった。高橋鑑種、秋月種実の謀反は続いているが、圧倒的な大友の軍事力で高橋は宝満城、秋月は古処山城に閉じ込められ、散発的なゲリラ戦を展開しているに過ぎぬ。肥前の龍造寺隆信は西肥前の大村純忠、有馬義貞との対立で高橋鑑種、秋月種実を援助出来る状況ではなかった。博多の町を大内氏時代の国際交易港として蘇らせるのが、宗麟と博多商人の新しい国造りであった。

元就は筑前の安定を望まなかった。隣国が安定すれば自国の力が弱まるというのが戦国時代の政治力学である。筑前の国侍たちの騒ぎだけでは大友家の屋台骨まで揺るがすことが出来ないと覚った元就は、立花鑑載に手を伸ばした。

宗麟の父・義鑑が二階堂崩れの瀕死の重傷の時、宗麟に置文（遺言状）を書き残した。その中に「立花城を取りうべきか否かの儀については、よくよく思慮あるべき事」との一節があった。義鑑は家臣団の編成に力を傾けた人である。七十数家に分かれた大友一門を惣領家である大友家の同紋衆として家臣団に組み込み、一族以外の譜代、新参を他紋衆とした。同紋衆の中から三名、他紋衆の中から三名を選び、加判衆という重臣の合議機関を作って国政に当たらせ、大友家一門に片寄らぬ人材の抜擢が行われるようになり、組織が活性化され、戦国時代の困難な領国の運営がなされた。大友の加判衆の統治機構が、領国を一族の血縁集団の支配から地域的な集団支配に変革し、大友家を九州の最大の大名家に飛躍させたのである。

立花家は大友家の家系でありながら、同紋衆に組み込まれず別格の親族の領主として扱われていた。それは大内家が筑前守護職の地位にあり、立花城の周辺の領主たちがすべて大内家の被官になっていたからであった。

義鑑は置文の中で「大内家と親睦せよ、戦を起こすな」と言い、立花家の問題は慎重に事を運ぶべきと書き残した。大内崩れの後、筑前の守護職が宗麟のものとなり、同紋の家臣団から立花家を家臣団に組み込むべきという強硬派の意見が起こっていた。元就は義鑑の置文の一部を抜き取り、義鑑が立花家の取り潰しを宗麟に言い残したように変えた。

毛利の高橋鑑種に送る密偵が門司から博多への道筋を警備していた大友軍に捕えられ、その懐中から「立花鑑載は、義鑑の置文に立花領を惣領家の豊後の直轄領にせよ、との文言があると知って兵を挙げる決断をした」という元就の密書が出てきた。元就が尼子氏を潰した謀略と同じ手を使ったのだ。元就は謀略によって吉川家、小早川家を乗っ取り、隆景、元春に継がせている。後年、元就は「我ら子孫は、格別、人に恨まれているから、後先はあっても一人残らず殺される。決して謀略のことを諸人に漏らすな」と書き残している。

高橋、秋月の謀反騒ぎで、宗麟は鑑載だけで立花城を守るのに不安を感じ、直参の武将・怒留湯融泉《ぬるゆゆうせん》を立花城の白岳（西城）に入らせ守備に着かせた。それは立花城が博多と門司を結ぶ交通の要衝にあるからである。鑑載は立花城の三城のうち西城を宗麟の部下に渡し、立花家の独立を傷付けられ、そのことで不安になり、立花家が取り潰されるという元就の密書を信じるようになった。

永禄十一年春四月、鑑載は立花城で宗麟に反旗を翻し、高橋・秋月・原田の謀反に加わった。立花城に立て籠もっていた鑑載の家臣・薦野宗鎮《こものむねしげ》、米多比《ねたび》大学は鑑載の謀反に気付き、宗麟に使者を送ろうとした。鑑載は舞楽の宴を開き、二人を誘い出して楼山城で討ち取り、怒留湯融泉の立て籠もる白岳を急襲し、怒留湯を筑後へ追い払った。それまで毛利は高橋・秋月の援軍の要請に応じなかったが、今度は素早く動いた。

四月六日、元就の武将・清水左近将監は三千名の兵を率い糟屋の浜に上陸し、立花城に入城した。高橋・秋月は大友軍に取り囲まれ、降参は目前であった。怡土の原田親種《ちかたね》も清水左近将監に呼応して兵を挙げ、博多の町を焼き払い立花城に合流した。宗麟は秋月・高橋の包囲網を吉岡勢で固め、戸次鑑連を主将とし、三万の兵を付けて立花城を取り囲み、激しく攻め立てた。三カ月にわたる攻防戦の後、七月四日、立花城は落城し、鑑載は逃亡の途中、新宮で腹を切り自殺した。清水左近将監、原田親種は辛うじて防州へ船で逃れた。

朝鮮に出掛けていた島井宗室と宗伝は、釜山で博多の町が毛利軍に焼き払われたことを知った。宗室と宗伝が対馬の宗の軍船に守られて博多の港に着いたのは、永禄十一年の五月の半ばであった。一万戸あった博多の町は一面の焼け野原になっていた。息の浜にあった宗伝の店と工場は海から襲って来た怡土の原田軍に焼き払われ、番頭の佐吉が店の跡に掘っ建て小屋を建て、宗伝の帰りを待っていた。

「宗伝様、申しわけございません。於徳様は原田軍の襲撃でお亡くなりになりました」

佐吉は宗伝に詫びた。

「私がお子様たちを連れ本道寺村に避難するように申し上げたのでございますが、於徳様は、博多は守護不輸・不入の土地、自由都市の商人の町であり、たとえ毛利軍が博多に迫るとしても、矢銭の取り立てだけで済む、主人の留守に店を守るのが女房の務めとおっしゃり、お聞き入れなさりませんでした。それではお子様たちなりともと申し上げますと、私に於綾様、佐弥太様を連れ帰ってくれと申されました。於徳様は、二万の大友軍が太宰府周辺に布陣しておりましたので、万一の場合半日で博多に駆けつけると安心しておられたのでござりましょう。私が博多におりましたら、於徳様をお助け出来たでしょうに……」

と佐吉は続けた。

於徳は小弐、大内の戦いの時も博多は戦火に遭うことがなかったことで、守護不輸・不入の土地であれば、戦闘は博多の町に及ばないと信じていたのだろう。世の中が急速に変わって守護不輸・不入の土地も安全ではなくなってしまった。宗伝は博多に出てくるのを渋った於徳を無理に連れ出したことを嘆いた。

「於徳には可哀相なことをした。それで子供たちは無事か……」

と、やっと宗伝は佐吉に訊いた。

「はい、玄信殿のお手許でご無事でございます」

玄信は本道寺村に住む於徳の兄である。

「職人たちは……」

「職人たちは本道寺村でご主人のお帰りを待っておりまする」

「工場を建て、仕事を始めなければ生活がたたぬ。私は宗室殿と一緒に、堺に積み荷の処分に行ってくる」

宗伝は毛利の非道を恨んだ。義長、兄の民部ばかりでなく妻の於徳まで殺された怨みが込み上げてきた。

宗麟は吉弘鎮信を博多所司代に任命し、二万貫の銭を博多の町に与え、町年寄りたちに博多の町の復興を命じた。

宗伝と宗室が朝鮮から買い付けてきた商品を換金して博多に戻った頃、秋月種実は田原親賢のとりなしで降伏し、宗麟は種実の妻として田原親宏《ちかひろ》の長女を与え、父文種の所領の領有を認めた。こうなると宗像、麻生、長野などの筑前・豊前の国侍たちも宗麟に降伏した。高橋鑑種だけが険しい要害の宝満城で抵抗を続けていた。

元就はまだ九州を諦めなかった。龍造寺隆信が肥前の大友方を攻め、宗麟の逆鱗に触れた。宗麟の討伐を懼れた隆信は元就に合力を求めた。

元就は吉川元春、小早川隆景、家臣の福原貞俊を集め、

「龍造寺から援軍の要請があって合力したいが、龍造寺の意図は筑紫を攻め滅ぼすところにあるらしい」

とためらった。

元就が合力をためらったのは、隆信の世評の悪さにあった。隆信が浪々の時、肥前蓮池の国侍・小田鎮光《しげみつ》の世話になり、娘を鎮光に嫁がせ去った。隆信が挙兵するに当たって、小田鎮光に助力を求め断られると、自分が重病に掛かったと偽り、小田鎮光夫妻を呼び寄せ、鎮光を殺し所領を奪った。隆信は若い頃、寺に預けられ坊主嫌いになった。坊主たちは布施を集めて安楽な生活を送る偽善者だと軽蔑し寺領を簒奪する。土豪との約束は起請文に書いたところで、初めから守る気がない。隆信に反抗した村の男女は数珠つなぎにして殺傷し、村を焼き払うという風評のある男である。宗伝には隆信が信長そっくりの男に思える。元就も散々謀略を巡らし非道なことをしていながら、隆信の悪評を気にするところが毛利狐の腹黒さなのだと乱世の生き方の難しさを感ずる。

隆信討伐のため、宗麟は自ら筑後の高良山に出陣し、豊後・豊前・肥前・肥後・筑前・筑後・日向の七カ国の兵五万を集め龍造寺を攻めた。神埼郡の勢福寺《せいふくじ》城に籠もる江上武種《たけたね》は宗麟に降伏し、佐賀城は大友軍に取り囲まれた。宗麟が動き出したのを知ると、元就は毛利軍を動員し関門海峡を渡らせた。

永禄十二年四月、小早川、吉川は岩見・安芸・周防の軍四万で豊前企救《きく》郡三岳《みつたけ》城を攻め、長野筑後守を攻め殺した。そして毛利軍三万は高橋鑑種の救援のため、大友軍の将・怒留湯融泉の守る立花城に向かい城を落とした。この時、宗麟は優れた外交手腕を見せた。豊後に大内家三十代・大内義興の弟で、大内家の家督争いで殺された隆弘《たかひろ》の子・大内四郎左衛門輝《てる》弘《ひろ》とその子武弘《たけひろ》がいた。宗麟は二人を高良山の本陣に呼び寄せた。大内義長の没後、足利義輝の大内家の家督相続認可状は大友宗麟の手中にあった。宗麟は輝弘にその認可状を見せ、周防に渡り、大内家再興をはかる意志があるかと尋ねた。宗麟の意を悟った輝弘は、認可状を押しいただき、たとえ毛利に敗れることがあったとしても、宗麟を恨むことはない、大友家の捨て石になって、息子の武弘と毛利に一泡吹かせる、と誓った。宗麟は、大友家の家臣の中から旧大内家の家臣六百名の侍を選抜して輝弘に付けてやることにした。

宗伝は輝弘の周防出陣の噂を聞いて高良山に駆け付けた。於徳を殺された毛利に対する怨みを晴らし、大内家・杉家を再興する絶好の機会が来たと思ったからだった。ところが宗麟は、宗伝が輝弘とともに周防に渡ることには反対であった。防州に攻め込むばかりが毛利との戦いではない。備州に尼子新宮党の生き残りの尼子勝久が山中鹿之助に担がれて旧領の回復をはかっている。浦上水軍の浦上宗景も毛利に不満を抱いている。その工作に当たれ、と宗伝は言われた。反毛利の謀略の鍵は泉州堺にあるらしい。そうなると、天王寺屋道叱と親しい宗伝がその任務の適役である。

「道叱殿と重義殿とは古い仲だとのこと、宗麟公は重義殿に堺に行ってもらいたいと仰せられている。我ら親子が周防に戻って毛利と戦う。重義殿は尼子工作に携わって我らを側面から援助してもらいたい。その方が毛利を苦しめることになりまする。我らが大内家を再興出来れば、悦んであなたに来ていただく」

と輝弘からも言われて、宗伝は輝弘軍への参加を断念した。

宗伝は工場を建て、本道寺村から職人たちを呼び戻し、鉄砲の生産に取り掛かれるようになると、工場の経営は番頭の佐吉に任せ堺に行った。

出発に当たり宗麟に挨拶に行くと、宗麟は堺に住む山名韶熙《やまなしょうき》宛の書簡を宗伝に渡し、後は道叱と打ち合わせるように指示した。山名韶熙は応仁の乱の西軍の旗頭・山名持豊の一族であった。国を失い堺に滞在し、織田信長に但馬、播磨、備後の旧領の回復運動を画策していた。信長は永禄十一年九月、五万の兵を率い、足利義昭を奉じ京に入った。阿波公方の足利義栄を奉じる三好勢を一掃し、瞬くの間に畿内を平定し、義昭を征夷大将軍に立て権力を握った。かつての山陰地方の大大名家の山名氏も、義昭を奉ずる信長の情けにすがって領地回復をはからなければならなかった。

宗伝が道叱に伴われて宗麟の書簡を持ち山名韶熙に会いに行くと、

「大友家が毛利と戦っておられる。宗麟殿がうらやましい。余は国を追われて浪々の身、今では信長殿にすがってせめて但馬だけでも取り戻したいと思っている。信長殿は我々旧守護職を嫌っておられる。宗麟殿のお力になって毛利に一泡吹かせてみるのも一興じゃ。尼子とは因幡をめぐって幾度も戦った仲だが、毛利に簒奪されてしまうよりもよい。備後の浦上水軍の浦上宗景はかつての余の家臣じゃ。宗景は小早川隆景の小早川水軍に瀬戸内の利権を奪われ、毛利に不満を抱いている。衰えたといえ、この山名韶熙には生野銀山の知行権が残っている。これで尼子、浦上を応援し、宗麟殿の力になろう」

と山名韶熙は協力を約束した。

山名韶熙は今井宗久から生野銀山の知行権を担保に資金を借りた。山名はその金で、堺で鉄砲、火薬、武器を買い入れ、新宮党の尼子勝久、山中鹿之助に送ることになり、宗伝が宗麟の援助物資とともに播磨まで運ぶことになった。

宗伝が堺を出ようとする時、山名韶熙は、

「播磨にかつての部下の小寺官兵衛がいる。備中・備後が毛利の手に落ちれば播磨まで毛利は手を伸ばす。小寺官兵衛は小身ながらなかなかの知恵者でござる。きっとあなたの力になってくれましょう」

と言って、小寺官兵衛を紹介した。

官兵衛は宗伝に協力し、尼子に軍需品が渡るよう手配した。小寺官兵衛が後に改名して黒田を名乗るようになる。宗伝と黒田官兵衛との交際はその時始まった。

永禄十二年十月十一日、備州工作が整ったと見ると、宗麟は岐部《きべ》水軍の船奉行の若林鎮興《しげおき》に百隻の軍船を率いさせ、周防の秋穂浦周辺の毛利の船を襲撃させて駆逐し、大内輝弘を秋穂浦に上陸させた。毛利の筑前への出兵で長州はがら空き状態だった。毛利の下で不遇をかこっていた旧大内家の家臣五千が輝弘の許に集まり、輝弘は山口に進軍し高嶺城に立て籠もった。若林鎮興は小早川隆景の補給・退路を断つために周防灘に船を浮かべた。永禄二年の毛利の門司侵入の際、大友方の水軍は因島の村上武吉の水軍に散々打ち負かされ、関門海峡の制海権を握られ、毛利に門司・小倉を占拠されたことがある。

宗麟はそれ以来、津久見水軍、国東の岐部水軍の育成に力を注いだ。姉婿に当たる伊予水軍の首領・河野氏を通じて、村上武吉の懐柔を続けていた。村上武吉は毛利の陶晴賢との厳島の戦いの際、村上水軍を動員し毛利の勝利に貢献した男である。ところが与えられた恩賞は村上武吉の思惑と異なったことで、元就と一線を画すようになった。宗麟はその武吉に定期的報酬として帆別銭《ほべちせん》（通行料）を与えて豊後船の瀬戸内航海の安全を守らせ、村上に豊後沖におけるポルトガル船との交易を認めるなどしていた。そのため武吉は、今度は毛利のためには軍船を動かさない。宗麟は必勝の信念で戦端を開いた。

大内輝弘が長州に攻め込むと、東で尼子勝久が蜂起して出雲に進み、尼子勝久と山中鹿之助は月山城を激しく攻撃した。毛利元就は郡山の城を出て、孫輝元が本陣を置いている安芸勝尾城に詰めていた。元就は十月十二日、「大内輝弘、高嶺城（山口）を奪回す」との報を受け取った。予想もしない大内輝弘の出現に驚愕した。あれほど高望みをやめようと思い、龍造寺からの合力の要請の時にも思いとどまった筑前侵攻を、小早川隆景、吉川元春から「長州・周防の安寧のために、筑前・豊前を取らなければなりません」と詰め寄られ、踏み切った大友との戦いにほぞを噛む思いであった。宗麟は村上水軍にまで手を回している。大内輝弘の手に足利義輝の大内家の家督認可状があると知ると、その悩みは一段と深まった。大内家の家督認可状は元就が孫輝元のために手に入れてやりたいものであった。出兵に際しての「豊前・筑前を手に入れずば兵を引くまじく」との決意もがらがらと崩れ落ちた。七十三にもなって欲を出したものだと後悔の思いが胸を駆け巡った。撤退しかない。そうしなければ筑前の毛利の兵は大友軍に包まれてしまう。陶晴賢が厳島で陶の精兵を失って陶氏が再び立ち上がれなかったように、毛利も筑前に出している四万の精兵を失えば、再び立ち上がれない。宗麟を名家育ちの凡庸な大名と侮ったことを後悔した。断腸の思いで撤兵を決断した。元就は小早川隆景、吉川元春に、筑前から兵を退き、ただちに大内輝弘の攻撃に向かわせることにした。

永禄十二年十一月十五日、毛利軍は筑前から撤退し始めた。玄界灘、響灘からの冷たい寒風が吹きすさぶ中であった。殿軍《しんがり》は吉川元春が引き受けた。補給基地であった芦屋の浜で一部の将兵が船に乗ったが、全軍を乗せるためには、小倉・門司の港までどうしても達する必要があった。大友軍は殿軍の吉川元春に襲い掛かった。戸次・吉弘・臼杵の将兵が一斉に追撃を始めた。小早川隆景は立花城を退くに当たり、一門の桂能登、坂新五左衛門などを守将とし兵二百を添えて残留させ、大友軍の追撃を防がせた。

戸次鑑連軍の法螺貝、陣太鼓の音は勇ましく山野に響き、寒風の中を大友軍は進軍を続けた。立花城に籠もる桂能登の二百の毛利兵は、城の横をすり抜けて行く大友軍に手も足も出なかった。たちまち後詰めの大友、筑紫の兵に取り囲まれ、鉄砲を撃ち掛けられ、曲輪《くるわ》を落とされて山上に追い上げられ、大友軍に降伏した。ほんの数刻の抵抗に過ぎなかった。城を迂回して後を急追する大友軍の先鋒に、吉川元春の兵は次々に倒れていった。吉弘鑑理の二人の息子、吉弘鎮信・弥七郎鎮理《しげまさ》（高橋紹運）は、戸次鑑連とともに追撃の先頭に立って毛利軍を追いかけた。弥七郎鎮理は二十歳の武勇に優れた若武者であった。常に兄吉弘鎮信とともに大友軍の先頭に立ち、毛利兵を追いかけた。

吉川元春は最後尾で大友軍と戦いながら退いて行った。逃げては戦い、とどまって大友軍の追撃を防いで、時間を稼いではまた逃げた。兵はばたばたと倒れていった。霙まじりの雪が降り、衣服も濡れて兵士の動きも鈍く、寒さと空腹、絶望で身動きならず、路傍に坐り込もうとする兵士たちを、吉川元春は励まし退いて行った。宗像領と麻生領との境の峠に差し掛かった時、吉川元春は路傍に半ば雪に埋もれている毛利の侍を見つけた。その侍は小早川隆景の部下で、吉川元春の所へ幾度か連絡に来たことがあった。元春は自分の乗馬をその侍に与え、小者を付けて彼の親しい麻生の侍の所へ送り届け、その侍を匿い、足の治療をしてくれるよう頼ませた。元春は毛利のために一兵でも失いたくなかった。元春のそのような兵に対する思いやりが、毛利軍の全面的な崩壊を救った。

「急げ、一兵たりとも、長州に戻すな！　武器を捨て降る者は殺すな。ただひたすらに吉川元春を追い詰めよ！」

戸次鑑連は馬廻りの十時などの侍たち数十騎を引き連れ、左文字刀を振るって馬上で指揮した。立花城から小倉までの十数里の間、寒風と空腹、絶え間ない大友兵の攻撃に曝された毛利の将兵は、親を捨て、主人を捨て、武器を捨て、ただひたすらに小倉を目指して落ちのびて行った。その跡には毛利軍の三千五百の死体が転がり、夥しい負傷兵が路傍に蹲っていた。大友軍の進撃を鈍らせたものは、毛利軍に付いた宗像・麻生の両軍の抵抗だった。彼らは自分の所領を守るために必死で大友軍と戦った。次々押し寄せる大友方の大軍に敗れ、城に立て籠もるのみになった。大友軍は城に立て籠もった宗像・麻生の将兵をそのまま捨て置いて一直線で小倉に向かった。小早川隆景が小倉に着いてみると、船は大友軍の命令で小倉から引き払って近くの島々に隠されていた。隆景は浦の村名主、村役人を集め、船を呼び戻さなければ家族を含めて村の全員を焼き殺すと言って、村人を一カ所に閉じ込めた。そしてやっと周辺から小舟を集めて関門海峡を渡った。

この時、豊前都督の田原親賢が毛利軍の着く前に小倉に入り、制圧していれば、小早川隆景も吉川元春も山口に逃れることが出来なかったであろう。親賢の指揮能力の欠陥が出た。親賢は宗麟の正妻矢乃の兄だった。奈多神社の神主の家に生まれ、田原家へ養子に入り、田原家を継いだ。優れた歌詠みで、宗麟の使いとなって京にしばしば上り、将軍家対策や公卿対策の外交面で働き、宗麟の信用を得た外交官僚だった。この時は吉川と小早川を山口に逃がしたことだけで済んだが、本来の武人でない親賢が総大将となった日向攻めでは、勝ち戦を負け戦と見違えて、全軍に退却命令を出し、大友軍に壊滅的な打撃を与えてしまった。

山口に入った大内輝弘は五千の兵を集め、山口の高嶺城に立て籠もって、毛利元就の心胆を寒からしめたが、小倉から毛利兵が長州に戻り始めると、集まっていた兵は櫛の歯が抜けるように散っていった。防州の国侍たちは大内家の再興に加わり恩賞に与ろうと意気込んで参加してみたが、二十年近くの毛利の支配の間に大内氏の支配機構は崩壊し、思っていたよりも兵が集まらないことに失望したのである。彼らは大内の「唐花菱《からはなびし》の旗」が山口に揚がれば大内の旧臣がこぞって集まると考えていたが、五千の兵だけしか集めることの出来なかった輝弘に幻滅を感じ、次々と抜けていった。

筑前から小早川隆景、吉川元春の大軍が引き揚げて来ることを聞いた輝弘親子は、豊後に逃れようと秋穂の港に向かった。すでに港への道は毛利軍に遮られてしまっていた。やむなく茶臼山の城に立て籠もった。輝弘・武弘親子は吉川元春の兵に攻められ自刃した。

輝弘親子が九州から連れてきた旧大内の家臣の六百名は、二人に殉じて最後まで戦い、皆壮烈な討死を遂げた。大内氏の再興の夢もはかない露と消えた。この戦いの後、毛利は北に尼子、東に浦上・宇喜多を敵に回し、中国の戦闘が激しくなり、筑前への侵攻どころの騒ぎではなくなった。元就は二年後の元亀二年（一五七二）、吉川元春・小早川隆景兄弟に嫡孫である十九歳の輝元の後見を頼んで七十五歳で死んだ。

毛利の撤退の後、毛利に荷担した国侍たちの処分が問題となった。中でも宗麟の家臣の間で宗像氏貞の問題が議論になった。宗伝は筑前都督になった立花道雪（戸次鑑連）に氏貞の寛大な処分を提案し、交渉を任せてもらいたいと申し出た。

「宗像氏貞殿と私は義長公に小姓として仕えた仲でござります。今回の毛利への荷担は氏貞殿の本意ではありますまい。私の従兄に当たる杉権頭連並が宗像領の隣の鞍手郡の龍徳城の城主でござりまする。連並は陶晴賢の主君義隆公への謀反を快く思わず、大内崩れの後、大友家に随身しております。二人で参って氏貞殿を説得いたしましょう」

「お館様のご意向は早く筑前に安国をもたらすことである。宗像は少族といえども、宗像の神を斎《いつ》く古代からの名族の家。宗像が当家に従うことになれば、麻生・香月などの土豪たちも自ずから、当家の権威を認めよう。将軍義昭公から毛利とは和睦するようにとご指示があった。そなたに交渉を任す」

立花道雪の同意を得て、宗伝は連並とともに氏貞の許に交渉に行った。氏貞はかつての朋友宗伝と大内家ゆかりの連並の和睦の交渉を受け入れた。

毛利に荷担した宇都宮、城井、麻生なども許され、所領を安堵された。宗麟は降伏した高橋鑑種を死罪にせず、小倉城に移し、秋月種実の末弟の元種を鑑種の養子として迎えさせた。毛利との戦いに戦功を上げた吉弘弥七郎鎮理に岩屋城、宝満城を与え、三原郡の高橋家を継がせた。毛利との戦いで後継者の絶えた長野家は秋月種信に継がせた。

氏貞は妹の於色《おいろ》の方を道雪の妾に差し入れ、立花領の隣接の西郷郷の三百町歩を於色の方の化粧料として立花家に渡し、宗麟に降伏した。西郷郷の郷士たちはすべて西郷領を離れ、隣接の若宮郷の友池、金丸に移転した。宗麟は加判衆を勤める臼杵鑑速の娘を養女にして氏貞に嫁がせた。氏貞には過分の処遇であった。

この時、宗像家と立花家の和睦は宗伝、連並の斡旋でうまくまとまったが、西郷党の郷士たちは、住み慣れた宗像郡の海に近い西郷の地から、山奥の鞍手郡の若宮の庄に住み替えになったことに不満を抱いた。若宮の庄に住む郷士たちにも納得出来なかった。この土地は当時、連並の所領であったが、かねてから宗像と杉とが領有をめぐって紛争の絶え間のない土地であった。この土地は大内崩れの前は宗像領に属していた。ところが陶晴賢は連並の懐柔をはかるため、若宮郷を宗像領から切り離し連並に与えた。そういう経緯もあって若宮郷の郷士たちは連並に服属せず半ば自立の格好を続け、年貢も納めない状態であった。連並は若宮郷をこの際、氏貞に戻し、西郷党の郷士を移住させ問題を解決しようとした。代替地を与えられなかった若宮郷士は連並の処置に腹を立てた。大友家が斜陽にならなければ問題が起こらなかった解決方法も、一旦傾くと、移転させられた西郷党の郷士、若宮郷士たちが立花・宗像・杉の領主たちに不満を抱き秋月種実を頼るようになり、紛争の火種になったのである。

宗麟が毛利を撃退しても、龍造寺隆信だけが降伏に応じようとはしなかった。元亀元年（一五七〇）三月、宗麟は隆信の征討を家臣に申し渡し、龍造寺隆信の攻略に大友傘下の諸将に触れを出した。豊後・豊前・筑前・筑後・肥後・肥前の兵と日向の伊東の兵六万を集め、自ら出陣し高良山に本陣を置いた。島原から有馬・神代の兵、松浦から松浦兵も参戦した。龍造寺方は次々と出城を落とされ、幕下の国侍の寝返りなどで大友軍に追われ、佐賀城に逃げ込んだ。隆信の兵は一千名ほどになり、名のある武将は二十名足らずになった。戸次鑑連の率いる一手は佐賀城の北二里の所にある春日山に、臼杵勢は城の東一里の姉《あね》・境原《さかいばる》に、吉弘勢は城の西に陣を置いた。蒲池鑑盛《かまちあきもり》を始めとする筑後勢は筑後川の河口で川を渡り、城の南部の有明海沿岸を固め、佐賀城は完全に包囲されてしまった。

宗麟は隆信と縁者に当たる筑後の芦塚城主の堤備後守貞宗を使者として佐賀城に遣わし、隆信に降伏を説いた。隆信は降伏に応じようとはしなかった。宗麟は佐賀城の総攻撃には掛からせなかった。六万の大軍で包囲を続けさせた。兵力の差が開き過ぎていて、城攻めすれば無意味な大量殺人になる。龍造寺はやがて降伏する以外に道がないと悟るだろうと思ったのであろう。宗麟は高良山に猿楽・歌舞伎などの有芸者を集め、日夜酒宴を開いて余裕のあるところを見せていた。

龍造寺攻めの総大将・菊池八郎鎮成《しげなり》は佐賀城の北二里の所にある今山に滞陣していた。ある本では総大将を宗麟の弟・大友八郎親貞《ちかさだ》だったともいう。しかし宗麟の弟は大友晴英だけである。この菊池八郎鎮成の父親は菊池義武だったであろう。鎮成は少年の頃、義武から義鑑の許に人質として入れられ、宗麟・晴英兄弟と一緒に府内の大友館で育った仲であった。

義武は宗麟の父義鑑の弟で、大友家から菊池家に養子に入り、肥後守護職であった。肥後守護に満足せず義鑑の地位を狙い二階堂崩れを起こした黒幕である。宗麟に謀反を企てた義武の子・鎮成も誅殺されてもしかるべきだった。義武の問題が起こると、鎮成はひそかに府内を去り、僧籍に入って身を隠した。宗麟が国東に隠れ住んでいる鎮成を見つけ出し、還俗させた。宗麟は鎮成に将来菊池家を継がせるつもりだったに違いない。

大友軍は長陣に飽き、今山の陣の警備がゆるんでいた。龍造寺側には乾坤一擲しかなかった。八月二十日の深夜、龍造寺隆信と鍋島信昌《のぶまさ》は油断していた今山の陣に夜襲を仕掛けることにし、全兵力で城を出た。

隆信と信昌は今山の本陣を急襲し、菊池鎮成を討ち取った。菊池鎮成が討たれたとはいうものの、大友軍の優勢は揺るがなかった。まだ六万の大友軍は健在だった。一気に攻めれば佐賀城の落城は免れなかったはずだった。しかし宗麟は部下に佐賀城の攻撃を許さず半年近く佐賀城を取り囲んで、龍造寺隆信の降伏を待った。京から足利義昭の使者が来て、和睦を勧め、龍造寺隆信が秀島家周を人質に入れて宗麟は兵を退いた。

叛乱を起こした者は城を攻め落とされ抹殺されるこの時代に、宗麟の方針は他の大名と異なっていた。隆信が降伏し、宗麟の九州探題としての威信を示せれば満足した。ザビエルに会い、キリスト教に心惹かれるようになった宗麟は、降伏を求めて来る者を殺すことが出来なかった。信長、秀吉と別の価値観を持つ人物だったのである。この龍造寺隆信が後年「肥後の熊」と恐れられ、宗麟を攻め、悩ますようになる。立花道雪、吉弘鑑理などの重臣は、隆信が実子を人質にせず、重臣の秀島家周を人質としたことに不遜であると怒り、将来を懸念して龍造寺隆信を滅ぼすよう進言したが、宗麟は許さなかった。宗麟には人質が誰であるかは小さな問題であり、まず平和を手に入れることが重要だった。

その頃、宗麟の目は貿易立国に向いていた。国が貿易で富むようになりさえすれば、土地をめぐっての領主間の戦いはやむ。庶民が幸せに暮らすには、戦争が起こらないことが一番である。このようにして宗麟の権威は、天草の天草・志岐・大矢野氏、肥前の有馬・大村・松浦氏などにも及ぶようになる。

天草の河内浦にはアルメイダがコレジオ（神学校）、ノビシアド（修練院）を開き、島原の口之津、加津佐では教会、コレジオ、セミナリオ（小学校）が開かれた。大村純忠は長崎をイエズス会に寄進し、長崎が豊後の臼杵、府内と同様にキリスト教の布教の中心地となり、宣教師たちは臼杵、志岐、口之津、長崎の間を頻繁に往復するようになる。宗麟の支配下の九州には、フロイスの『日本史』で述べられているように、「下の国」として南蛮交易とキリスト教文明によって上方と異なる文化が育ち始めるようになった。その頃から、島津と戦って敗れる天正六年（一五七八）までの八年が、宗麟の治世の一番輝いた時代であった。民は戦乱のない平和を楽しみ、店先には食糧が豊富に並び、南蛮の珍しい物資も売られていた。

　大友家の家臣たちは宗麟の貿易立国、キリスト教の愛の信仰に結ばれた安国の夢を信じた。その頃、立花道雪は「殿が出家された折りもこの鑑連はお供して出家した。殿が棒を持って街をお歩きになるなら、その時は拙者は殿と同じように、たとえ町の人々から笑われても、棒を振って付いて歩く。殿が新しい宗教をお信じになるなら、拙者もそれを信じ付いて行く。殿は拙者の主君であるから……」と信頼していた。家臣たちの心は宗麟に対する熱い愛情、敬愛で結ばれていた。宗伝もそのような宗麟に惹かれた。国侍たちの領地をめぐる戦いをやめさせ、海外に目を向けさせ、交易で栄える世の中を築こうとする宗麟のために働いてきたのだと自分の過去を振り返った。

檜柴

赤間浦で潮待ちしていた宗伝の乗った「永寿丸」は、潮流が変わり関門海峡に乗り入れた。まだ早朝だった。正面に和布刈《めかり》山が朝靄に霞んで見えた。宗伝は舳に立ち、狭い海峡に迫る長州と九州の陸地に目を注いだ。海流は所によっては音を立てて流れ、渦を巻く。藁や海藻などの浮遊物が海流に乗って流れ、陽光に飛び上がる魚の銀鱗がきらめく。海峡を行く船は帆を絞っている。櫨を漕ぐ音がきしみ、船は風と波にかしぎ、帆綱は鳴る。宗伝の耳には十七年前の毛利と大友との熾烈な船戦の音のように思える。「永寿丸」はある時は長門側の海岸に近付き、ある時は企救の松林の砂浜に近付く。情景は次々に変化し、石だらけの磯が現れ、打ち寄せる波が砕け散り、波の飛沫が飛び散るさまが見える。船の左手に柳ケ浦（門司）の港が見える。海岸に並ぶ民家の草屋根、浜の小舟の姿が見えてくる。

キリストは「敵を愛し迫害する者のために祈れ、こうして、天にいますあなた方の父の子となるためである。悪人に手向かうな。だれかがあなたの右の頬を打ったら、ほかの頬を向けてやりなさい。天の父が完全であられるように、あなた方も完全な者になりなさい」とおっしゃった。今の宗伝は到底そのような心境になれない。敗北も勝利も神の目から見ると一時的なものかも知れない。しかしそのような言葉は今の宗伝には慰めになるものではない。それは幼年期に父を失い、毛利のために主君の義長、兄の民部、妻の於徳を失うという辛い悲しみが心に沈殿しているからに違いなかった。

秀吉の狙いが、大友と島津との戦いで両家の力が弱まることにあるとすれば、たとえどのような犠牲を払ってでも、食い止めねばならない。船上で潮風にさらされていると、宗伝は毛利との戦いの頃の充実感を思い出し覇気がみなぎってきた。

宗麟公は「領地をめぐって争うよりも、外国との交易で国を富ませる」とおっしゃった。今までの大名の中で誰も考えつかなかった思想であった。龍造寺、秋月の叛乱は宗麟公の目から見ると、キリスト教の福音を知り、南蛮交易の実利を理解すれば、平和的に解決出来る問題であった。

元亀元年（一五七〇）の龍造寺攻めに当たって、宗麟はアルメイダ神父を出撃の途中の日田の陣屋に呼び寄せ、秋月種実の所に送った。種実はアルメイダ神父のキリスト教の説教を二日間にわたり聴き、教えに感動し、家臣二十名をキリスト教に改宗させ、秋月の地に教会を建てキリスト教の布教を許した。これは種実が宗麟に二心のないことを示すためだったに違いない。宗麟はこのようにして戦争を出来るだけ避け、平和裏に問題を解決した。

宗麟公が我が国を貿易立国にすると考えなさったことは正しい。そのためには秀吉の天下統一を阻まなければならぬ。大友と島津とが戦うのをやめさせねばならぬ。聖書にある「命に至る門は狭く、その道は細い。そしてそれを見出す者は少ない」という一節を思い出した。宗伝は「狭き門」を自ら選んだ。たとえその門をくぐる道を見出す者が少ないとしても、何らかの方法はあるはずだ。必ず見つけなければならぬと決心した。


宗麟が博多商人に二万貫の銭を与え復興させた博多の町は、那珂川と東の御笠川の下流の石堂川に挟まれた町である。南は比恵川から水を引き十五間の掘割を設け、北は博多湾に面する海で、東西十五町、南北二十町ほどの広さの町である。掘割の土堤と川の堤防の上には木柵を巡らし、東・西・南の橋のたもとに木戸を設け、不審者の出入りを監視している。毛利軍が博多の町を焼き払って、町はまだ半分くらいしか復興していない。それでも北の船着き場のある息の浜の辺りは、キリスト教の教会、陸揚げされた品物を納める蔵、手工業者の作業小屋などが密集している。

息の浜に上陸した宗伝は和吉を宗伝の店にやり、自分は島井宗室の店を訪れた。丁度、宗室が店の前に出てきて、奉公人に「店先に塩をまいておけ」と険しい顔をして怒鳴っていたところだった。温厚な宗室の普段にない剣幕であった。

店の前で立ちすくんでいる宗伝を見つけ、宗室は、

「宗伝さんではありませんか……。見苦しいところをお見せしました。店にお入りください」

と声を掛けた。

「どうなさいました」

宗伝は店に入りながら宗室に尋ねた。

「なあに、秋月の使いが今出て行ったところです。あまりに勝手な言種《いいぐさ》で腹が立ちました」

と宗室が答えた。

島井宗室は酒造業と金融業で産を成した博多商人である。博多のこの店で「ねり貫」という酒を造っている。「ねり貫」の製法は箱崎の唐人街にいた唐人から学んで宗室が改良を加えたものである。当時日本では濁り酒が主で、宗室の「ねり貫」は芳醇な香りと独特の舌触りがあり、贅沢を好む公家、大名、裕福な堺商人の間にたちまち珍重されるようになり、上方に運ばれるようになっていた。宗伝は土蔵の先の奥座敷に案内された。

秋月の使者だったということで、宗伝は気になる。そこで座敷に落ち着くと、

「宗室さん、秋月の使者は何と申してまいりました」

と宗室に訊いた。

「宗伝さん、秋月の思い上がりにも、ほとほと愛想が尽きます。そのうち、足許をすくわれることにならなきゃあよろしいが」

と顔を歪めた。

「また金の無心でござりますか」

天正九年（一五八一）、宗室は博多に攻め込んだ秋月種実や龍造寺隆信に大金を支払って博多の町の焼討ちを免れている。

「いや、今度は楢柴をくれという話でござりました。今出て行きました客は、笠置山城主の恵利内蔵助でしてなあ……。主人の種実が楢柴を所望じゃと申すのでござります。お館様にお断りした楢柴を、この宗室が秋月のような小大名に何で渡さねばなりませぬのか」

と宗室は憤慨した。

「楢柴をねえ……」

宗伝は宗麟が大坂城から戻って来た時、秀吉が楢柴を欲しい素振りだったと聞いていた。

それで恵利が島井宗室から入手して、秀吉に献上するのだと思った。

「関白殿に献上するとは言っておりませぬか」

と宗伝が尋ねた。

「そんなことは言っておりませぬ。何か心当たりでも……」

「お館様が大坂城で関白殿下と対面なされた時、楢柴の話が出たそうでござります。まるでお館様に、楢柴を手に入れて献上せよとの口調だったとのことでした」

「そういえば、先日利休殿からお手紙がありまして、楢柴を見たいから是非楢柴を持って上坂するようにと言ってまいりました」

秀吉はあらゆる手を使って、楢柴を手に入れようとしている。

「それで、大坂にお上りなさいますか……」

「このような状況ですから、何時島津との戦争が始まるか分かりません。ですから大坂に行くわけにはまいりません。それともう一つ、秀吉公は九州征討の後、朝鮮、明まで兵を進めるという噂も気になります。そうすれば博多商人は一番大事なお得意を失うことになります。噂は本当でござりましょうか」

「私もそのことが気に掛かります。何しろ秀吉公ははったりの多い方で、その真意はつかめませんが……。島津はやはり筑前まで攻め上りましょうか」

と宗伝は宗室に尋ねた。

「種実が隈本に行き、島津義久殿に会って、豊後本国を日向から攻めるよりも、高瀬から出撃し、筑後・筑前・豊前を通って北から豊後を攻めた方がよいと進言したそうです。筑後・筑前・豊前には秋月の勢力が浸透していますからね。そうすると博多は戦場になります。立花道雪殿がご存命なら、種実もそんなことは考えなかったでしょうに」

立花城の城督・立花道雪の武名は越後の上杉謙信まで達し、謙信は部下たちに一度は手合わせしたいと望んだ武将だった。

「種実は恵利内蔵助を大坂にやって、秀吉殿に服属を誓ったということでございましたが……」

「一時はそのような話もございました。急遽方針を変えたようでございます。種実は娘の龍子を紹運殿の次男の統増《むねます》殿と婚姻させ、高橋家と秋月家の和睦をはかろうとしたのですが、龍子と統増殿の縁談が壊れてしまって、今では大友憎しで凝り固まっています」

「種実が紹運殿に大友家と縁を切れと申し、縁談が壊れたのでございますか……」

と宗伝は訊いた。

「そうではございません。紹運殿の妹の菊子様は宗麟公の嫡男・義統《よしむね》様に嫁がれ義乗《よしのり》様をお産みになり、義乗様の室には紹運殿の息女が輿入れしてございます。種実は、今ではお館様が紹運殿を一番頼りにしておられることを知っております。種実は変わり身の早い男でございますから、大友家が秀吉公に接近すると聞いて、紹運殿と和睦し、秋月の現在の所領の安堵を宗麟公から許していただきたいと考えたのではありませんか。

現在の秋月の所領のほとんどは宇佐八幡のかつての荘園でございます。そうすれば宇佐八幡の大宮司職を出す田原一門に属することになります。宗麟公から種実の所領について横槍が入れば、秀吉公は今の秋月の所領の三十五万石をお許しになられません。そのためには宗麟公の覚えめでたい紹運殿に取りなしてもらう必要があると思ったのでございましょう」

「高橋家は大蔵党の惣領家でございますからねぇ……」

と宗伝は言った。

「そうです。ですから種実は惣領家の高橋に娘を嫁がせて、高橋家を乗っ取ろうと企んだのかも知れませぬ。これも秋月の血筋でございましょう。秋月の始祖種直《たねなお》は源平の戦いの時、平氏側に付いておりました。弟の種雄《たねお》が頼朝公に馳せ参じた功績で、種直は鎌倉幕府から秋月の地頭職を安堵されたのです。ですから種実は、この先の見えない乱世を生き延びるには高橋家と結び付き、宗麟公に取りなしてもらいたかったのでございましょう。秋月はこの婚姻がまとまれば、高橋家を大蔵党の頭領として認めると申し入れたということでございました」

「紹運殿はどうして種実の申し出を断られたのでございましょう」

「それは統増様と筑紫上野介広門《ひろかど》殿の息女・兼姫様の恋のためなのです」

「それはまた……」

と宗伝は驚いた。

「兼姫様と統増様は相思相愛の仲であったということです。統増様の所に秋月龍子の輿入れが決まるという話を聞いて、兼姫様は花嫁衣装を着込んで、紹運殿の岩屋城の城門に押し掛けたという話です」

「兼姫様が花嫁衣装で岩屋城に乗り込んだ！」

と宗伝は思わず驚きの声を上げた。

「筑紫六左衛門殿と御女中三名に付き添われて、駕籠で城門に乗り付け、もし兼姫様の願いが聞き届けられなければ、ここで自害すると申されたそうです」

「確か、広門殿の奥方と紹運殿の奥方は斎藤鎮実殿のご姉妹でございましたなあ」

と宗伝は呟いた。

「そうです。姉君が紹運殿の内室、妹君が広門殿の内室でございます。兼姫様が城内に入り、伯母、姪で対談なされて、この縁談が決まったのでございます。何と申しましても血のつながったお二人のこと。兼姫様が身内同士で相争うのはやめたいと紹運様と伯母上に泣いて頼まれたそうでございます。紹運様も兼姫様の孝心、統増様への愛情の深さにほだされて、秋月の縁談を断られ兼姫様を嫁に迎えられたのでございます」

「それで秋月種実は面子を潰されたと怒っておりますのですな」

宗伝は、この乱世に花も恥じらう年頃の娘が、恋人の父親の城門まで押し掛けて、息子の嫁にしてくれと談判し、彼女の恋を果たした勇気にある種の感動とすがすがしさを感じた。耳川の戦いで宗麟が島津に敗れてからというものは、大友方は次々と脱落し、広門も龍造寺・秋月と組んで大友家を悩ましてきた。しかし、秋月との縁談が壊れて、秋月が島津と組むとなれば、筑前の大友方は更に苦境に追い込まれることになる。兼姫と統増の婚姻を悦んでばかりいられない心境になる。

「それで宗室殿は楢柴を秋月にお渡しになりまするのか」

「今日のところはきっぱりと断りましたが、恵利内蔵助の様子では簡単に諦めることはありますまい」

と宗室は顔をしかめた。

楢柴は宗室、宗伝にとって想い出深い茶壺である。宗室が宗麟の使者となって朝鮮に渡った時、手に入れた物であった。その時、宗伝も同行した。朝鮮行きは二月から五月までの長い旅だった。その旅行の際に、朝鮮の王族の一人から手に入れた茶入が楢柴だった。口元に二条の筋があり、肩は女のなで肩を思わせふっくらと膨らんでいる。土は青めの陶土で、その上に茶色の釉薬が半分ほど掛かっている。薬はずれの部分と釉薬の飴色とが不思議な調和を保っている逸品であった。

宗室はその茶入に一目で惚れ込んだ。宗室と宗伝に同行して通訳を勤めていた梅若が、この青い陶土は唐のものに間違いない、宋の時代のものでござりましょうと言って榕柴を買い求めることを勧めた。梅若は「恒居倭《こうきょわ》」だった。恒居倭とは対馬、南朝鮮の沿岸地帯に住み朝鮮に定住し、日本との交易に携わる倭人である。朝鮮の言葉・習慣を知る彼らが日本と朝鮮との交易の橋渡しをしたのである。

「今日のところは、と仰せられますと……」

と宗伝は宗室に尋ねた。

「戦争が始まり、秋月が博多に攻め込む事態になりますと、この博多の町が焼き払われることになりましょう。博多の町はかつて毛利軍に焼き払われました。お館様は博多の復興のために二万貫の金子をくださいました。私は博多の町を救うためには、榕柴を失っても惜しくはありません。お館様に譲り渡すのをお断りしたのですが、博多を戦火から守るために手放すのであれば、お館様はお許しくださいますでしょう」

宗室は寂しい顔をして答えた。宗室も島津との戦いは避けられないと自覚している様子だった。

「それでお館様が大坂に上られて、秀吉公との話は如何でした」

と宗室が話題を変えた。

「秀吉公はお館様にたいそうな接待をなさいましたようでござります。その時、毛利と和睦せよと秀吉公のお言葉があり、元就殿の末子元総殿、今では小早川隆景殿の養子になっていますが、その方と宗麟公のお息女のマレンシア様との縁談が決まったとのことでござります」

「長千代様が毛利に輿入れなさる……。それも何かの縁でござりましょう」

と宗室が言った。

「長千代様？」

と宗伝が首を傾げた。

「マレンシア様は長千代様でござりますよ。元就が、宗麟公は女色に狂ったと散々言い立てた、あの服部右京亮殿の妻女との間にお生まれなされた姫君でござります」

「マレンシア様は服部右京亮殿の妻女と宗麟公との姫様……、長千代様とおっしゃるのですか」

宗伝は宗麟の母親の弟の服部右京亮が宗麟に誅殺されたことを知っていた。

「あの事件が起こったのは大内崩れで大内義隆様が亡くなったすぐ後でした。服部右京亮様が一万田弾上様や宗像鑑久様とご一緒に謀反を企てているということで、夜分、突然、三人の方々の屋敷が火を付けられ、三人の方々は炎の中で自刃されました。三人の方々は大内義隆様のご無念を晴らすために、周防に攻め込み陶晴賢を討ち取るよう宗麟公に意見具申なされ、宗麟公がお聞き届けなさらず、それを恨んでの謀反だということでござります」

「…………」

「宗麟公の母君は大内義隆様の姉君様、服部右京亮様はその母君の弟になられるのです。陶晴賢がひそかに三人の方々の謀反の話を作り上げ、宗麟公の耳に入るようにしたのでござりましょう。その頃陶晴賢は、大友家から主殺しで追及されるのを懼れて、大内家の継嗣に晴英様に来ていただくよう宗麟公に申し入れしておりました。陶晴賢には、服部右京亮様に生きてもらっては困る理由があったのでありましょう」

「当時、元就が言っていた、宗麟公は家臣の妻女の美貌に目がくらんで、家臣を殺し、側室にしたという話は服部様のことでございましたか」

「元就はでっち上げ話を作り上げました。お館様が右京亮様の奥方は大変な美貌と聞き付け、館に呼び寄せ慰みものにし、それに腹を立てた服部右京亮様が一万田弾上様、宗像鑑久様を誘って謀反を企てたという話に作り変えたのです。長千代様のお年は今十五、六歳ということです。事件の起こったのは三十年も前のことです。宗麟公は根がお優しいお方ですので、三人の方々を不確かな情報で誅殺したと、きっとお悩みになっていたと思われます。ですから一万田弾上様の弟の一万田親宗殿に後嗣の絶えた高橋家を相続するようになされたのです。右京亮様のご子息についても、ご子息の母君に、将来、服部の家の再興を認め取り立てると約束されました。それ以降、宗麟公は時折りその女性が身を寄せている尼寺を訪れてござりました。宗麟公が足利義輝様の死去でお悩みの時、その女性が丹生島にお見舞いに行かれ、お二人の間が自然にああいうことになった。そのまま滞在なさるようになったという話です」

と宗室は言った。

宗伝は宗麟の女狂いの噂の出所は元就だったと知ると、元就の陰湿さを思い知った。

「そして、そのお方は？」

と宗伝が訊いた。

「それが、屋敷から出た不審火でお亡くなりになりました。そのお方に対する宗麟公の寵愛が深いのを恨んだ宗麟公の奥方・矢乃様のご指図だという噂もあります。それ以降、宗麟公は矢乃様を寄せ付けなさらず、丹生島の対岸に屋敷を構えられて別居されたということです。それからの矢乃様は宗麟公のなさることにすべて反対されるようになられました。ご二男の親家《ちかいえ》様が宗麟公のお勧めでキリスト教の洗礼を受けられました時も、大反対なさいました。矢乃様の兄君の田原親賢様が京からご養子としてお連れ帰りになった、公家柳原の息子の親虎様がキリシタンになるとお知りになった時も激怒されました。それまでは、ご自分のお産みになった娘御を親虎様に嫁がせようとまで惚れ込んでおられたのです。矢乃様は親賢様に迫って、親虎様は離縁になり、田原家は次男の親家様が継がれました。そのようなご家庭のご事情が複雑な中で長千代様はお育ちになりましたので、宗麟公はずっと長千代様のことを不憫に思っておられました。これで宗麟公は一安心なさいます。長千代様も母上の故郷にお戻りになりますので、これも何かの縁でござりましょう」

「さようでございますか……。私が宗麟様に初めてお会いした時は大変ご夫婦仲がよろしいとお聞きしておりましたが」

「当時は宗麟様の寵愛を一身に集めてござりました。そのことで矢乃様は慢心なさいました。宗麟様のキリスト教信仰が深まり、田原家がないがしろになされることをひどく嫌っておられたのです。ご実家が奈多八幡の宮司家でござりましたから」

宗麟はキリスト教に心を惹かれながらも、家臣の信仰には本来寛大な人であった。宗麟は若い頃、京の大徳寺から僧を呼び得度を受けるほど禅宗にこったことがあり、仏教にも通じていた。だから家臣の反対を押し切って、キリシタンに改宗するような人ではなかった。何よりも宗麟は国が分裂するのを懼れていた。日向に出陣するに当たって、宗麟が奥方の矢乃を離別し、キリシタンに改宗したのは、布教長のカブラルの勧めばかりでなく、奥方との不和という家庭問題から逃げ出したかったからではなかろうか、と宗伝は思った。

「矢乃様のご気性があんな風でなかったら、宗麟公が離別なさることも……」

と言う宗室の声が耳に入った。

宗伝は話題を変えた。

「ところで私は隈本に行って、伊集院忠棟殿に会い、島津の北上をやめさせたいと思っております。このまま大友と島津が戦い続ければ共倒れになるに相異ありません。堺商人たちは、秀吉公の真意はそのところにあると言っております」

「それは良いお考えだと思います。島津の武将の中で伊集院殿は島津の北上に反対なさっておられます。島津と大友は頼朝公以来の九州ご三家といわれた仲、耳川の戦いという不幸な事件があったというものの、肥後は大友家が撤退し、島津の支配下になっております。伊集院殿は九州の静謐のために和睦すべきと常々申されていたと聞いております。しかし種実が義久公に会って島津の北上を手引すると申し出て、形勢は一変したようです。されど宗伝殿が今一度試みるだけのことはありましょう」

「利休殿の書簡をいただいておりますので、それを持って説得してみます」

「利休殿は秀吉公の唐御陣のことはどのように考えておられます」

「利休殿はやはり商人の出自ですから、交易の利というものを心得た方でございます。堺商人の一部、武器商人以外は朝鮮などに出兵すべきでないと考えております。その意味でも、利休殿は大友・島津の力が弱まって秀吉公に従うようになるのを望んではおられますまい」

「島津が北上をあきらめなければ、宗伝殿はどうなさいます」

「その時は紹運殿の許に、我らの店の鉄砲弾薬を持ち込み、紹運殿に戦ってもらうつもりでございます」

「この宗室もその折りは糧秣などでご援助いたしましょう。我らは宗麟公のご引き立てでここまでなれたのですから……」


宗伝は宗室のところを訪れた翌日、和吉を残し隈本に発った。交渉がまとまらない場合の準備をさせるためである。和吉は火薬の取り扱いや、村上水軍から学んだ炮烙の作り方に秀でていた。炮烙は、村上水軍が信長の石山寺との戦いの際、安治川の河口を守る信長の水軍を破るために使用した兵器である。火薬を詰めた球状の土器に火を付けて敵の船に投げ込む。炮烙は破裂し、敵の船はたちまち炎上する。信長は、村上水軍のこの投げ炮烙に散々悩まされ、毛利が石山寺に糧秣を運び込むのを阻止出来ず、鉄船を造ってこれに対抗し、やっと戦争を有利にしたということである。

宗伝は本道寺村の職人を動員して、和吉に鉄砲、炮烙、火薬の準備をさせることにした。隈本で伊集院忠棟に会うと、忠棟は、

「宗伝殿、すでに矢は放たれた。もう大友との和睦は出来ますまい。すでにお館様は、九州統一の断を下された。後は見事に戦って、九州を秀吉が来るまでに仕置してしまうことだと仰せられている」

と言った。

利休から度々和平の勧告を受けて、薩摩の諸将の中で和平派と聞いていた忠棟の言葉に、宗伝は大友と島津の和睦の望みを断たれた。

「島津と大友が戦えば、秀吉が歓ぶだけです」

宗伝は最後の望みをつないで、秀吉の腹は九州大名の共倒れ、毛利の弱体化にあると説いてみた。

「そのことは分かっている。今なら島津が立てば、九州の諸将は島津の旗になびく。秀吉の来る前に九州を統一する。秀吉も口ではすぐに兵を送ると言っているが、そう簡単には兵を動かせまい。それよりも、島津の九州統一に手を貸してくださるよう紹運殿を説得してもらいたい」

「それは無理でございましょう。紹運殿は吉弘という大友の一族の出でございますから、

宗麟公への忠誠心の厚い方でございます」

「紹運殿は大蔵一門を相続しておられるはずだ。大友のことよりも大蔵一門のことを考えられるべきではなかろうか。義久公は、紹運殿がお味方していただけるなら、大蔵一門の頭領として、筑前一国は考えてもよいとおっしゃっておられるが」

「紹運殿は、島津が筑前に入れば、岩屋城、宝満城をもってお相手申す、何万の兵を連れて来ようとも、武門の意地で防いでみせると申しておられます」

宗伝が隈本に来る途中、岩屋城に立ち寄って紹運と話し合った時、紹運はそう言った。

宗伝の勧めた大友と島津の和睦の提案は、見事に島津から拒否されてしまった。


博多に戻る途中、宗伝は本道寺村を訪れることにした。宝満山の山麓にある本道寺村に辿り着いた。三十戸ばかりの村である。宝満川を遡り、米山峠にかかってすぐの所にある村である。峠を越せば穂波《ほなみ》郡の大分《だいぶ》に着く。大分には、宇佐八幡の分身の八幡神社が博多の筥崎に移るまで、そこに鎮座していたという由緒のある大分八幡宮がある。宗伝と於徳は新婚の頃、祭の際に峠を越えて訪れたものである。

宗伝は峠に向かわず、左の谷間に入って行く。脇道に入って八町ほど行くと、村の藁葺屋根が見えてきた。村を流れる小川沿いに三十戸の家が寄り添うように立っている。村長の於徳の兄玄信の家は、小川沿いの道の突き当たりの高処《たかみ》にある。年月を経た豪壮な藁葺屋根の家である。この藁屋根の家を見ると、宗伝がまだ杉左近重義といっていた頃、この村を訪れ於徳に初めて出会った日のことを思い出す。

宗伝が宗室と一緒に左文字安吾のこの家を訪れ、宗伝、宗室、安吾と安吾の息子の玄信と座敷で話している時だった。於徳がお茶と茶菓子を持って座敷に入ってきた。宗伝は於徳の横顔を見た。中高な鼻梁の通った色白の美しい顔だった。宗伝は思わず見とれた。

於徳は茶托に載せた湯呑と皿の茶菓子を盆から取り上げ、宗伝と宗室の前に差し出し、

「粗茶でございますが……」

と静かに置いた。

於徳は宗伝が見つめているのに気付き、にっこり笑い、軽く頭を下げて退席した。下がって行く細身の後ろ姿はとりわけ優美で、宗伝の心を惹き付けた。

その時、宗伝はこんな鄙びた所にも、於徳のような素晴らしい娘がいるものかと驚いたものだった。宗伝が鉄砲の技術を教えるため安吾の離れに住むようになると、於徳は安吾に命じられて、宗伝の世話をするようになる。

朝夕の布団の上げ下ろしから、食事時の世話、部屋の掃除、汚れ物の洗濯まで、すべて於徳一人でやってくれた。段々二人は打ち解けて話をするようになった。時には宗伝は於徳の

お点前で茶を楽しむこともあった。於徳は宗伝に彼の幼い頃のことを訊いた。宗伝が乳飲み子の時、母親を失い母親の顔を知らないと言うと、於徳は我がことのように泣いて、宗伝に同情した。兄の民部を失ってから、宗伝は孤独だった。一人で強く生きていかなければならぬと気負い続けてきたような気がする。於徳の流してくれた涙を見て、宗伝は於徳を血のつながった姉のように思えて心が豊かになるような気がした。その頃の宗伝は恐らく肉親の愛情に飢えていたのだろう。宗伝も於徳の口から、彼女が近郷の国侍の所に一度嫁ぎ、夫を合戦で失い安吾の許に戻ってきたと打ち明けられた。

於徳が出戻りだと知っても、於徳に対する宗伝の気持ちは変わらなかった。於徳を可哀相な女と思って慰めてやりたいという気持ちが高まった。宗伝が離れに住むようになって半年ほど過ぎた頃であった。宗伝は自分が食べた夕食の後片付けをしている於徳の手を握った。於徳は驚いて顔を上げ、宗伝の目を見つめた。

「私は於徳殿が好きだ……」

と宗伝は言った。

「重義様、本当でございますか」

と於徳は目を見開いて訊いた。

「あなたに初めて会った時から、私は……」

「…………」

於徳は返事せずに顔を俯けた。

宗伝は思い切って於徳を引き寄せ肩を抱いた。於徳は抗いもせず宗伝に抱かれた。於徳の甘い体臭で、宗伝の身体に疼きが広がった。宗伝は於徳の袂から手を差し入れ、於徳の膨みを探った。宗伝が隆起した於徳の乳房の固まりに触れると、於徳は「あっ」と声を上げ宗伝の指を押さえた。宗伝は於徳の顔を起こし唇を吸った。於徳は宗伝の首を抱き口付けに応じた。

しばらくして唇を離した於徳は呟くように宗伝に言った。

「ずっと、こうしていただけることをお待ちしておりました……。私も初めてお会いした時から、あなたを好きになっておりました」

そしてその夜、二人は結ばれた。

ずっと後になって、宗伝が於徳から聞いたことであるが、その時の於徳は宗伝の妻になろうとは考えていなかった。宗伝がこの世の中をひとりぼっちで生きていこうとする健気さに於徳の母性本能が揺さぶられ、宗伝を慰めてやりたいという気持ちになった。於徳は宗伝を愛していた。しかし自分は出戻りで、宗伝のような歴とした家柄の娘ではなく身分違いだと思っていた。だから宗伝がここにいる間だけの女として、宗伝を慰めるつもりだということであった。

お艶を得て忘れかけていた於徳との生活の記憶が、於徳と暮らした家を眺めていると、次々と思い出されてきた。すると今にもこの家の門口から於徳が、「あなた、お帰りなさいませ」と言って出てくるような気がする。

母屋の前に立ち、宗伝が藁屋根を懐かしそうに見上げていると、家の中から二十歳ほどの娘が出てきて、

「父上様ではございませぬか……」

と声を掛けた。

宗伝は娘の顔を見た。於徳そっくりの顔をした女である。二十年前に逆戻りした感慨が湧いた。

「於綾か？」

「於綾でございます。父上様のお越しを、今日か明日かとお待ちしておりました」

「それで玄信殿は……」

「伯父上様は和吉様と裏の納屋で父上様から命じられた仕事をなさっておられます」

「そうか、では裏に回ろう」

母屋から離れた畑の向こうに土蔵造りの作業場がある。宗伝が鉄砲を作った鍛冶場である。

工場を博多に移してからは使われることがなかったが、一通りの道具が揃っている。玄信と和吉は十四、五人の職人を動員して、鉄砲・炮烙・火薬の整理をしている最中であった。

「おお、宗伝様、隈本からお帰りでござりましたか。首尾は如何でござりました」

と義兄の玄信が訊いた。

「島津とは交渉決裂になりました。これが戦国の世の中というものでござりましょう。大名たちは己の力の拡大しか考えておりませぬ。この国の安国、民の苦しみなどは一つも顧みようとはしませぬ。今日ここに来る途中、岩屋城の紹運殿にお会いしてまいりました。紹運殿は覚悟を決めてござりました。島津が秋月の誘いに乗って筑後の国境を越えれば、見事岩屋城で防戦してみせると仰せられました。私が鉄砲・炮烙・火薬を岩屋城に運び込むというと、たいそう感謝しておられました」

「では明日からでも、ここの荷物だけでも運び込みましょう」

と和吉が言った。

「そうしてくれ」

「博多の店の鉄砲は……」

「それは明日、私が博多に戻り、法玄殿に頼むつもりだ」

「博多で人手が足りましょうか。職人の多くがこちらに来ておりますが」

と玄信が訊いた。法玄は博多の宗伝の店を任されている玄信の長男である。

「こちらも猫の手も借りたいところでござりましょう。博多の方は何とかいたします」

夕方になって、竈門山寺の塔頭・観心院で修行している宗伝の息子・佐弥太が、宗伝が村に戻って来たと聞き付け、駆け付けてきた。宗伝が佐弥太に会うのは、宗伝が堺に出て以来のことである。佐弥太は十六歳になっていた。背丈も年のわりに高い。宗伝は目を細めて成長した我が子の姿を眺めた。

「佐弥太は学問がよく出来ると和尚様からほめられておりまする」

と姉の於綾が宗伝に伝えた。

「そうか……。もうそろそろ佐弥太も将来のことを考えなければならぬ年になった。佐弥太はどう思っている」

「佐弥太は宗伝殿のような商人になりたいと申しております。どうでしょう、この機会に佐弥太をあなたの許に連れてお行きになったら」

と玄信が言った。

「玄信殿、於綾と佐弥太を立派に育てていただいてかたじけない。二人のことは考えぬことはないのだが、この乱世でいたしかたござりませぬ。はやく世の中が落ち着き親子が一緒に暮らせる世の中が来てほしいものです。今暫く二人の面倒を見てやってください」

「それは少しも構いませぬ。我ら夫婦にとって、於綾と佐弥太の二人はもはや我が子のようなものでござります。ただ杉の血を引く二人がこのような田舎で埋もれてしまうことになると思うと、それが気掛かりでござります」

玄信の妻になる鹿が目に涙を浮かべて言った。

「そんなことを言わずとも宗伝殿は分かっておられる。今暫く宗伝殿に心おきなく働いていただく。そのことの方が二人のためになる」

と玄信は鹿を叱り付けた。

宗伝は、任務のためといいながら、ここまで我が子のことをほったらかしにしていた自分に気が咎めた。親として二人の将来のことを考えてやらねばならぬと心が痛んだ。だからといって、今やりかけているこの仕事の結末を見ないことにはどうしようもない。黙って玄信の言葉を聞くだけだった。

数日後、宗伝は博多に戻り、宗室の店を訪れた。宗室の店は造り酒屋でもあるので奥が深い。奥に通ると庭の中に豪華な数寄屋造りの茶室が新築してあった。

「どうされました……」

と宗伝が訊いた。

「楢柴を秋月に渡すことに決めました。それでその儀式をやろうと思ってこの茶室を作ったのです。これも博多商人の心意気です。臼杵から、宗九さんが参られています。三人で楢柴との別れの宴をあの茶室でやりましょう」

と宗室が言った。

茶室の正面にある奥座敷に通されると、宗九がいた。

「宗伝さん、隈本からお戻りですか……。首尾は?」

「だめでした。島津は北上の方針を変えようとはいたしません。それで宗九さんは……」

「統虎殿に相談があって参りました。お館様とシメオン殿の意向を伝えに参りました」

「それは……」

と宗伝が訊いた。

「島津が北上するとなると、岩屋城では島津の攻撃は防ぎきれまい、兵も千名足らずでは数日持ちこたえるのがやっとであろう、されば岩屋城を引き揚げ、紹運公と統増様、筑紫勢も立花城に立て籠もる、そうすれば毛利が援軍を送って来るのに間に合う、紹運公、統虎様、統増様の三人は大友家にとって大事な方々故、討死させるべきではないというのが、お館様とシメオン殿のご意見なのです」

「それで統虎様のご意見は」

と宗伝が訊いた。

「統虎様はご子息故、たいそうご心配されて、さっそく十時殿などの重臣を岩屋城に派遣し説得すると申しておられます」

と宗九が答えた。

「しかし紹運公は武将として名誉を重んじるお方、一戦も戦わず岩屋城を明け渡すことには応じられますまい」

と宗室が言った。

「それが難題でござります。シメオン殿もそのところをご心配なされて、直々に家臣を紹運公の所に送ると言っておられます」

「毛利はいつ九州に渡ると申しておるのでございましょう」

「毛利は今、関白殿の腹の内を探っているようでございます」

「ではあの噂を……。備州を宇喜多に渡すようになると懼れておりますのでございますか」

「そうです。毛利は備州を取り上げられないという保証がない限り、動かないでしょう」

「それで秀吉公の出陣は……」

「口先ばかりで、まだ決まっておりませぬ。九州で一戦が始まってからのことでありましょう」

「うーん」

宗伝はうなった。

秀吉の目的は大友と島津を相打ちさせ、その後に毛利を九州に入らせて島津と戦わせ、島津・毛利の兵力をそぐ。毛利が失敗すれば、それを口実に毛利から備州を取り上げる。堺で道叱と話し合ったことが現実のものとなってきた。

「私が秋月に楢柴を渡す決心をしたのは、再度、恵利内蔵助が参りこういうことを申したからです。恵利内蔵助は昨年大坂に上り、関白殿下に会い、三万石の所領を安堵されております」

と宗室が言った。

「日田の三千町歩でござりますか」

と宗伝が訊いた。

「日田ではござりません。秋月の手は日田には伸びてはおりませぬ。恵利は所領を尋ねられ、嘉麻郡、鞍手郡一帯の三千町歩と申したとのことでござります」

「なるほど。それなら合点いたします」

恵利内蔵助は筑豊盆地の嘉麻郡と鞍手郡との境にある笠置山の城主である。

「恵利が申すには、大坂に行き関白の御威光が盛んなことを重々承知つかまつり、秋月は関白のご意向に従って、この際大友と和睦をしたいということです。それには関白所望の楢柴がいる。宗麟公がかつてこの宗室に万貫の銭を積んで乞われた楢柴を秋月から献上すれば、関白殿下の秋月への覚えめでたいことでござろう。よって恵利は楢柴を是非譲ってほしいと申しました」

「しかしそれは無体な話でございますなあ。種実は起請文まで入れて、島津に手引を誓っておりましょう」

「ですから恵利は種実に楢柴を見せて、翻意を説いてみると申しているのでござる」

「では、恵利は種実の島津手引に反対しておりますのか……」

と宗伝は口ごもった。

「もともと種実が島津手引を考えたのは、紹運殿のご子息統増殿と種実の娘龍子の縁談が整わなかった腹いせのためと聞いております。宗室殿が楢柴を恵利に渡し、それで種実を説得出来るのであれば、やってみる価値はあると思います」

宗九が口を挟んだ。

「楢柴を珍重された宗室殿がそこまでご決心なされるのであれば、宗伝は異論はございませぬ」

「秋月の家中に意見の相異があり、楢柴を手にすることで、種実が関白殿に従うか、島津を手引するか迷うことになりますれば、時間つなぎになりましょう」

宗室が言った。

「そうです。いくらかでも島津の進攻を遅らせ、時を稼がねばなりませぬ。私はシメオン殿と一緒に長門で毛利の進軍を督促しているのですが、毛利輝元公は軍監のシメオン殿の督促を聞き入れようとはいたしません。シメオン殿は宗室殿に上洛してもらいたいとおっしゃっておられます」

「私は博多の町年寄りとして、このような状況では上洛するわけにはまいりません」

「では宗伝殿が堺にお戻りになりませぬか」

「私は九州に参ったばかりです。宗九殿、私が堺に戻って何をすれば」

「関白殿は、兵を動かすには博多商人の協力が必要と考えておられます。攻城戦の竹束、長梯子、兵糧、兵と物資を運ぶ船などの調達の目途を付けよ、という話が出ているのでございます。ですから宗室殿に来てもらいたいという話です」

「…………」

宗室と宗伝は顔を見合わせた。

宗室は暫く考えて、

「関白殿下は我ら博多商人のご奉公を望まれているというわけですな。それでは、神屋宗《そう》湛《たん》殿にお願いしよう。あの方は今、唐津村におられる。あの人なら代々の博多の大商人の家に生まれた方で、関白殿下のご要望にお答え出来る御仁じゃ」

と言った。

「おお、宗湛殿は日本に戻って来ておられる。それは頼もしい」

と宗九が言った。


神屋家の初代・神屋永富《ながとみ》は明に渡り、マカオに日本人町を築いた。二代の主計《かずえ》は天文八年（一五三九）の遣明船の船長であった。三代寿禎《じゅてい》は明からその頃一番進んでいた銀の灰吹き法と称する精練技術を持ち帰り、石見の大森銀山を開いて鉱山の開発を手掛け、巨万の富を築く。宗湛はマカオ・寧波に店を持ち、一年のうち外国の滞在の方が長いという男である。宗伝も宗湛の交易船に乗って寧波・マカオに渡ったことがある。

宗伝は直ちに宗室の意図に気付いた。宗室は宗湛のような剛胆な商人を秀吉に紹介することで、貿易の利を悟らせて、朝鮮出兵のような無意味な企てをやめさせたいと思っている。

「宗湛殿であれば適任でござりましょう」

と宗伝は宗室に賛成した。

その後、三人は宗室が榾柴を手放す儀式のために作った茶室に入った。石堂川から水を庭に引く筧《かけい》の水が鹿威しを反転させて石を叩き、カーンと音を立て池に流れ込む。宗伝は今までの俗事を忘れ、幽玄の世界に誘い込まれる思いがした。

池の縁を回って竹垣のしおり戸を通り、踏み石を伝い、にじり口に達する。床の間と違い棚がある四畳半の茶室である。床の間の壁に青楓の絵を掛け、花盆にあやめが活けてあった。そして床の間の中央に楢柴が据えてある。楢柴の青めの陶土の色とあやめの色とが調和し風情がある。

楢柴を手放す宗室の感慨はさぞかし無念であったに違いない。

「宗伝さん、これを手に入れた時はあなたとご一緒でしたね」

「そうです、梅若さんが、これほどの逸品は二度と手に入らぬと言われて、あなたが買い求められました」

「そうです。御覧なさい。青めの土と釉薬が溶けて出来たかいらぎは素晴らしい。到底同じ物は手に入りますまい」

その晩、宗室は宗伝と宗九を遅くまで引きとどめ、酒を酌み交わしながら、楢柴を手に入れた頃の昔話に浸った。

数日後、宗室は恵利内蔵助に楢柴を渡し、建てたばかりの茶室を壊してしまった。

恵利内蔵助が主人種実の所望と偽って楢柴を手に入れたのは、秋月から楢柴を秀吉に献上して三十五万石の秋月領を安堵したいと考えたからであった。恵利内蔵助と内田九左衛門の二人は、天正十三年（一五八五）の暮れ、大坂に上り秀吉に対面して、秀吉の軍事力は到底秋月の敵《かな》うものでないと知って戻ってきた。種実の腹心の福武美濃守は高橋統増と種実の娘龍子とを婚姻させて秋月家の安泰をはかろうとした男だった。ところが縁談は筑紫広門の娘兼姫のために破談になった。

恵利、内田、福武の三人はどうしたら種実に島津との同盟を断念させられるか日夜考え、話し合っていた。ある時、福武美濃守が堺の茶人仲間から、秀吉と宗麟の対面の際、楢柴の話が出たという書簡を受け取った。

楢柴を手に入れ、宗麟さえ手に入れられなかった楢柴を秋月から秀吉に送る。そうすれば種実は宗麟の下風に立たず、秀吉に服属出来る。三人は楢柴を手に入れ、種実に島津との手切れを諫言することにした。

「楢柴は、家康公が秀吉公に柴田との戦勝祝いに贈呈なされた夏花と並ぶ天下の名器。今度の宗麟公の上坂の折り、秀吉公は宗麟公に楢柴を所望されたという噂がござります。それを秋月から贈れば、秀吉公の秋月に対する覚えはめでたくなり、きっと所領安堵になりましょう。島津とは手切れにして、筑前・筑後の二国の領土安堵をおはかりください」

と、三人は恵利が持ち帰って来た楢柴を種実に見せて諫言した。

　秋月種実は怒り出し、

「島津とは七生を掛けてお味方参らせると誓った仲ぞ。この度の戦をするに当たって、彦山権現、高良山権現の起請文を入れておるわ！　大友家を見てみろ、宗麟が秀吉に服従したばかりに、大友の同紋衆がこぞって島津に通じてしまったではないか。宗室に小豆二百俵を楢柴の代金として払っておけ」

と三人に言い渡した。

　すでに種実の腹は決まっていて、三人が種実に翻意させようとした最後の賭けは徒労に終わった。

島津動く

天正十四年（一五八六）六月下旬、島津軍が肥後・筑後の国境を越え筑後に侵入した。紹運の守る岩屋城、宝満城を落とし博多を通って豊前を突き、関門海峡を封じ、大友の本国豊後を攻める計画であった。義久の弟・島津家久、義久の武将・伊集院忠棟、新納忠元《にいろただもと》などの率いる薩摩・大隅軍三万を主力に、肥後国内の降将、宇土・赤星・詫間《たくま》などが加わった。筑後に入り、矢部川沿いの黒木、川崎の城を落とし、六月三十日、高良山を攻め、大友方の高良山神社の座主《ざす》の良寛を降し高良山に本陣を敷いた。

高良山の島津軍に各国の武将たちが参戦してきた。肥前からは有馬・松浦・波多・執行《しぎょう》、筑後からは星野・草野、筑前からは秋月・原田、豊前から長野・城井の諸将が兵を送る。八カ国の総勢六万の兵が筑紫平野を埋めた。

七月六日、島津軍は筑後川を渡り、筑紫広門の勝尾城に攻め掛かった。伊集院忠棟、阿久《あく》禰《ね》播磨守、川上左京亮《さきょうのすけ》の率いる二万の兵であった。筑後川を北へ渡った対岸の筑紫の朝日城（現鳥栖市）はたちまちのうちに落城し、島津軍は余勢をかって、広門の嫡男・晴門《はるかど》の三百騎が守る鷹取城に攻め掛かった。晴門は小勢で城に立て籠もっても落城は避けられぬと、三百騎を率いて島津軍の只中に突っ込んだ。龍造寺隆信を討ち取った島津の猛将・川上左京亮を見つけ一騎討ちを挑んだ。お互いに馬上で刀を交わし、晴門は左京亮に飛び掛かり組み付いた。晴門は島津方の高名な武将を道連れに命を捨てるつもりであった。晴門は左京亮に組み敷かれ、首をはねられた。二人がもみ合っている間に、晴門の鎧通しが左京亮の胸を深く突き刺した。左京亮はその傷が元で間もなく死んだ。

筑紫広門は島津の使者となった秋月種実の勧めに従って降伏し、筑後の大善寺に拘束された。岩屋城、宝満城は周囲を島津軍とその同盟の諸将に取り囲まれた。

紹運は筑後の家臣たち五条、問注所などを攻撃が始まる前に領地に戻し、各自所領を守るよう命じていたので、ただでさえ少ない兵力は減り、一千名ほどしか残っていなかった。その中の三百は筑紫広門の娘・兼姫と結ばれたばかりの統増に付けて宝満城に立て籠もらせたので、岩屋城は七百数十名の兵力しかなかった。紹運の唯一の頼りは、宗伝から岩屋城に送り込まれた二百丁の鉄砲と豊富な弾薬・食糧、手許に残った部下たちが二十年、生死をともにした歴戦の強者揃いであるということだけであった。

紹運は兵を集めて、

「義のため死ぬことは、武士の本懐である。余の考えに反対の者たちはここから遠慮なく去ってくれ。恨みには思わぬ」

と訓告した。

誰一人去ろうとはしなかった。岩屋城、宝満城の包囲はじりじりと狭められていった。眼下の太宰府の町は島津の丸に十の字の旗で埋められた。

攻撃の主力は島津軍である。残りの軍は秀吉の停戦命令が出されているので、参戦はしているものの本気で攻撃に加わらない。それでも三万の島津軍は、紹運の七百数十名の兵力とは四十倍以上の違いである。引き付けて鉄砲を撃ち掛け、岩石を落とし、島津軍の消耗をはかるだけだ。十日は持ちこたえたい、いや二十日は持ちこたえたい。一日でも長い方が、宝満城の統増も、立花城の統虎も生き残れる。そして彼らが生き残れば大友は生き残れる。紹運は見事に戦って島津を消耗させ、島津に筑前侵攻を思いとどまらせたいと決心した。

紹運の嫡男、立花城の立花統虎は筑紫の勝尾城が落ちたことを知り、紹運の許へ、島津軍の押し寄せる前に宝満城と岩屋城を捨て、立花城に親子・兄弟で一緒に立て籠もろうと家老の十時摂津に五十名の兵を付けて迎えにやった。宗伝はこれが紹運との最後の別れになるかも知れぬと思い、手代の和吉を連れて、十時摂津とともに岩屋城に登った。

立花城への撤退を勧告する宗伝と十時に紹運は、

「拙者、統虎、統増の親子三人が一緒に籠城すれば滅びる時は一緒になる。分かれておれば、二人の子のどちらかが生き残れる機会も多い」

と言って統虎の誘いを断った。

紹運は命を捨てる決心をしていた。統虎の意を受けてきた十時摂津は、それならばと紹運・統増親子で宝満城に立て籠もるように勧めた。

「宝満城は高橋鑑種が大友家に謀反して三年近く籠城し、落とせなかった城でございます。岩場は格好な防壁になり、地の利にうとい島津は攻めあぐねましょう。そのうち上方の援軍が参ります」

宝満城は太宰府の一里北西に聳える宝満山の山頂近くにある城である。折り重なった稜線が宝満山、三郡山に迫り上がって北東に続く、懐の深い山である。峰・尾根は山頂から八方に分かれ、北に延びた尾根は糟屋の若杉山につながり、立花城と連絡出来る尾根伝いの間道もある。宝満山は竈門山ともいわれ、役の行者の開いた修験道の修行の霊山でもある。延暦二十一年(八〇二)、唐に渡る最澄が日本を離れるまで、航海の安全を祈って参籠した山でもある。

「全山岩多くしてその形、良工の削りし如し。真に奇絶の境地なり」と『筑前国続風土記』に記すように、四方に風雨で削り取られた谷間が深く巡り、五合目から上は、天に聳える巨岩・怪岩が屹立する。その岩の間を縫うように急勾配の坂道が続き、七合目辺りで平地のある台地に出る。そこに竈門山寺の山門、鐘楼、僧坊、本堂が石垣の上に立ち並ぶ。宝満城はその竈門山寺の奥の仏頂山といわれる山頂にある。城の北側は断崖であり、東も西も険しい岩場で、南に城に登る唯一の道があるだけである。巨岩・石列を砦とした宝満城は、守備の面ではるかに岩屋城より優《まさ》っている。

「宝満城に籠もれば、防衛は容易じゃ。されど、島津は秋月などの地元の兵に宝満城を包囲させ、筑紫野を通って北上し、博多を落とし立花城に攻め掛かる。岩屋城が健在なる限り、島津は北上出来ぬ。岩屋城を撤退するわけにはまいらぬ」

と紹運は断った。

「では、拙者たち五十名はお館様ともども岩屋城に立て籠もり、島津に一泡吹かせまする」

と十時摂津は紹運に申し出た。

「かたじけない言葉であるが、それはならぬ。立花城も兵力が足りないはず。汝らは立花家の家臣。立花城で統虎と生死をともにしてくれ」

と紹運は十時摂津らに言い聞かせた。

少ない兵力の中から、選りすぐりの十時摂津たちを送ってくれた、統虎の親を思う子の情は有り難かった。しかし大友家と二人の子供たちのために、紹運は城を枕に討死する覚悟をしていた。立花城を守るためには、十時たちをここで死なせるわけにはいかなかった。

「宗九殿が軍監の黒田殿と長門におられます。秀吉公宛の島津軍来襲の報告と救援を求める書状をお書きください。黒田殿から秀吉公へ援軍の派遣を督促していただきましょう」

と宗伝は口を挟んだ。

「宗伝殿、秀吉公の援軍は到底間に合いますまい。それは秀吉公の計算通りのことでござりましょう。大友と島津が血みどろに戦い、両者がへとへとになることをお望みじゃ」

と紹運は顔を歪めて嗤った。

「されど、大友との約束は天下の公知のことでありますれば、秀吉公は筑前が島津に蹂躙《じゅうりん》されるのを見過ごすわけにはまいりますまい。見捨てれば全国の大名たちから秀吉公は誠意のない人と嗤われることになりましょう」

紹運は暫く考え、秀吉宛に救援を求める書状を書いた。

「この書状は必ず秀吉公に届くようにいたします。武運をお祈りいたします」

宗伝は書簡を受け取り、岩屋城を後にした。

紹運が宗伝に託した秀吉に対する島津襲来の報告と救援を依頼する書状は、立花城の統虎の書状とともに、馬関にいる大賀宗九の許に運ばれ黒田孝高の手に渡された。宗九と黒田孝高との仲は孝高が備州で小寺藤兵衛に仕えていた頃からであった。宗伝と道叱との関係のようなものである。

黒田孝高は武略に優れ、義に厚いといわれる紹運を惜しんだ。孝高は宗九から紹運と統虎の手紙を受け取ると、秀吉に急報で送り、紹運の身を案じ、家臣の小林新兵衛を使者として博多に送った。

宗伝は左文字刀の職人と手代の和吉に道案内させ、新兵衛を岩屋城まで送り届けた。すでに岩屋城は島津軍に十重二十重と囲まれている。修験者である本道寺村の職人たちは、四王寺山の岩屋城に通じる間道を自分たちの裏庭のように熟知していた。彼らは山伏姿に変装して博多を出発した。新兵衛の一行は四王寺山の山頂に登り、毘沙門嶽の岩場をよじ登り、岩屋城の北西の裏木戸から城内に入った。新兵衛が岩屋城に入ったのは、島津軍の総攻撃の前日、七月十三日のことである。

紹運は甲冑を着け、近従の若者に薙刀を俸持させて、部下を率いて新兵衛に会った。

「紹運殿、主人孝高は紹運殿の身を案じておられます。ここは一旦立花城に退かれて、御子息の統虎殿と一緒に立花城に籠城され、関白殿下の御出馬をお待ちなされては如何でございましょう。立花城であればこの岩屋城よりもはるかに要害の土地でござりましょう。防禦の手立ても充分に出来ることと存じます」

と新兵衛は孝高の意志を伝えた。

「かたじけないお言葉でござるが、これは武士の意地でござる。岩屋城が島津の行く手に立ち塞がる限り、島津は博多に進むことは出来ますまい。簡単にここを通しては、お館様に申し訳が立ちません」

紹運の決心は変わらなかった。

「宗伝殿、大賀殿、宗室殿も、紹運様が生き残られることが、道雪様が亡き後、若い武将ばかりとなった大友家には必要と申しておられます。一人ひとりが如何に勇敢であろうとも、まだ実戦の経験が少ない大友の若い皆様には、良い指導者が必要でござりましょう。歴戦の島津と戦うには紹運様のお力が必要です」

と新兵衛は更に説いた。
二、三年前から孝高の密使となって九州の諸将の間を往来している新兵衛は、九州の武将たちの事情に通じていた。そして主人の孝高の意志が秀吉と異なっていることを知っている。孝高も宗伝たちと同様に、秀吉の唐御陣に不安を持っている。九州の大名たちを秀吉に隷属させたくない。九州の大名たちが秀吉の唐御陣に反対すれば、秀吉の野望は不発に終わる。

孝高は紹運を頼みにしていた。

「新兵衛殿、それも一理ござる。されど島津軍をここで食い止め、大損害を出させ、大友の軍威を示すことも大友家の存続には必要なことと考え申す。ここで島津に大友家を攻めたことを後悔させるつもりでござる。……少なくとも我々の兵力の三倍、いや五倍の兵力は潰す覚悟でござる。そのことが統虎、統増の負担を軽くしてやることになりまする」

疾風迅雷《しっぷうじんらい》の噂の高い秀吉は、まだ兵を動かす気配がない。紹運は秀吉の腹は自分を見殺しにするつもりであると察した。

紹運が宗麟の指図で秀吉に随身してもう数カ月経つ。大友や紹運を救おうとすれば、充分に出来るだけの時間はあったはずである。大友義統は詳細に島津の動きを秀吉に報告して、救援を求めている。秀吉は事情を知っているはずである。まして秀吉が使者として送った仙国秀久は、島津義久の怒りに触れて、首をはねられるばかりであったとのことである。そのような侮蔑を受けても秀吉が兵を動かさないのは、大友家の崩壊をはかっているためだと思わざるを得ない。

岩屋城の戦い

御笠川は、四王寺山と宝満山の間から流れ出し、北から舌状に張り出した四王寺山脈の裾を巡って西に向きを変え、更に北西へ向かい博多平野へ流れてゆき、博多の町の東で海に出る。四王寺山は三郡山塊に続く標高四一〇メートルの山である。山頂には天智天皇が築いた大野城の跡がある。百済の白村江の戦いで唐・新羅の連合軍に敗北し、日本軍は百済の遺民を伴って日本に引き揚げた。

天智天皇は唐・新羅の侵攻を恐れ、百済から亡命して来た憶礼福留《おくらいふくる》に命じて、筑紫に大野城と基肄《きい》城の両城を築かせた。更に大宰府の北に、東の四王寺山の尾根から西の脊振山塊の東端にかけて一・二キロにわたる水城《みずき》を築いた。御笠川はその水城の土堤を北に貫き流れ出している。南の守りの基肄城は、大宰府の南方二里の基山の山頂にある。大野城の跡からは那の津、博多平野が展望出来、基肄城跡からは筑紫平野、有明海、噴煙に煙る雲仙岳の遠望が望める。太宰府は筑前と筑後を結ぶ要衝の土地にある。そして東の四王寺山の山裾と西の脊振の山並の東端との間に挟まれた、十町から十五町ほどの狭い地溝に甍を並べた大宰府政庁の建物を中心に、東西、左郭十二坊・右郭十二坊、南北二十二条の方形の都市・大宰府が設けられ、奈良・平安の頃には「遠《とお》の朝廷《みかど》」といわれた場所である。紹運の立て籠もる岩屋城からは、南の眼下に現在の太宰府の家並、天満宮の甍が夏の強い陽光に輝いて見えている。紹運は、栄枯盛衰を繰り返した由緒ある土地で死ねるということが武人としての誉れに思えてきた。後世まで語り継がれる戦いを島津相手にやろうという意気込みがふつふつと沸いてきた。

七月十四日、勝尾城を落とした島津軍は、岩屋城攻撃に取り掛かった。岩屋城、宝満城を取り巻く二里四方に薩摩軍が殺到した。

島津家久から軍使が送られ、紹運に降伏を求めてきた。島津軍は、参戦した諸将の兵を後方に回し、薩摩・大隅の直属軍三万で岩屋城を攻めるつもりであった。島津家久には、降伏した諸将の軍では真剣に城攻めを行わないことが分かっていた。特に有馬、大村は数年前まで大友家と密接な関係にあった家であり、龍造寺隆信の島原侵攻の際、島津が有馬に力を貸したことによる義理のため出兵しているにすぎない。秀吉の九州来援の噂のある時に、一日でも早く岩屋城を攻め落とすことが、諸将を離反させないために重要であった。紹運から降伏を断わられると、夜に入って島津軍は一斉に攻撃を始めた。城に向かって鉄砲を撃ち掛け、城壁に長梯子を掛けてよじ登り始めた。

島津軍が鉄砲を撃ち掛けている間、沈黙を保っていた城内から、島津軍が城壁に取り付くと、突然銃撃と大石が攻撃軍の頭上に襲い掛かった。梯子は折れ、転がり落ちてくる大石に島津兵は押し潰され、たちまち崖下は修羅場となった。

「無駄弾は撃つな！　敵はこちらを寡兵と侮って攻め寄せてくる。引き付けて、確実に狙って一人でも多くしとめよ！」

と紹運は部下たちに厳しく命じた。

紹運の部下たちはその命令に従い、島津軍が鉄砲の乱射をしている間は身を隠し、島津軍が城に近付き、城壁に取り付いたところを一斉に攻撃に掛かった。島津軍は鉄砲の多さに驚かされた。火薬を詰めた炮烙が頭上から投げられて炸裂する。火柱が上がり兵が吹き飛ばされる。島津軍は思惑違いに驚いて退いていった。わずかな戦闘の間に、もう数百名の死傷者を出してしまった。

四王寺山の真西半里にある天拝山は、岩屋城、宝満城が見える場所である。島津家久はこの天拝山の山頂に陣を構え、戦いの戦況を眺めていた。夜が明けると岩屋城の下に、島津軍が放棄した散々たるさまの梯子、旗幟が見える。島津家久はこのような敗戦を信じられなかった。紹運の戦い上手は聞いていたが、城の一番外の三の丸すら攻略出来ず撃退されてしまった。間者から手に入れた情報では、城内には七百数十名の兵しか残っていないはずである。宝満城には、十五歳の統増が指揮する数百の兵しかいないと聞いていた。宝満城の高橋方は老人、傷病兵を含んでおり、半数以上は筑紫広門の家臣の筑紫兵である。彼らの主君・広門はすでに降伏して、筑後の大善寺に幽閉されている。主を失った筑紫兵たちには統増に従って籠城を続ける義理はない。家久にとっては、ただひたすらに一日でも早く岩屋城を落として北に上り、博多の町を手に入れ、博多の北の統虎の籠もる立花城を攻め落とすことが急務であった。

家久は、太宰府の町の南の山・高雄山に陣取る伊集院忠棟、攻城戦の指揮官・野村忠敦《ただあつ》を呼び寄せ、軍議を開き厳命した。

「総力を挙げて攻め落とせ、相手はたかが七百そこらの兵ではないか。敵に休息の時間を与えるな。ここで島津がてこずることになると、筑後の兵、龍造寺兵が寝返りする懼れがある。龍造寺は家政が兵を出しているが、鍋島は秀吉に通じているので兵を寄越していない。弱味を見せれば、前後から攻撃される。島津兵の強さを見せ付けて岩屋城を落とし、その後はここを秋月に任せて、宝満城を押さえ北上せねばならぬ。一刻を争う！」

岩屋城のある四王寺山は、太宰府の北に東西二キロの長さで延びた三郡山塊に属する山である。岩屋城はその中腹にある。三郡山塊は白亜紀の花崗岩からなる山で、花崗岩は組織が粗く、雨水の風化作用に弱い。岩石が剝離、崩れた後は黄褐色の荒い砂状となり、坂道に堆積して足元は滑り易い。島津兵たちは坂道で滑って倒れた。

岩屋城の本丸は虚空蔵台《こくうぞうだい》といわれる花崗岩の作ったドーム状の大岩の上にある。その真下の尾根の上に二の丸があり、両側は深く侵食された谷間である。西側が西の谷、東側が風呂の谷と呼ばれている。二の丸を一段降りた所に西の砦があり、風呂の谷の東の尾根上に西岩屋の砦がある。その東に谷を挟んで、百貫岩といわれる大岩が崖に張り出している。縦に割れた節理の巨岩の壁が荒々しい岩肌を見せ、一見割れ目伝いに登れそうに見えるのだが、長年の風雨によって岩石の表面は脆く崩れ易い。その大岩のある岩場に百貫島砦がある。この三つの砦が岩屋城の三の丸の曲輪となって本丸を守っている。その他、天満宮からの登り口に当たる本丸の東側には水の手の砦、秋月口の砦、更に四王寺山の山頂に砦を設けてある。

砦に取り付くには、いずれも険しい坂道を花崗岩の滑り易い砂に足を取られて登らなければならない。更に坂道には逆茂木《さかもぎ》と大石で通路を封じ、砦と砦との間は、味方の兵が一人ずつしか通れないようになっている。その通路に押し掛ける島津兵は標的となって、豊富な高橋方の鉄砲で倒される。

岩屋城のそれぞれの砦からは、眼下の島津軍のすべての動きが俯瞰出来、敵兵の動きは手に取るように分かるのだが、山麓の島津軍から眺めると、山の中腹に鬱蒼と茂る樹木、竹藪に遮られて城中の状況は望めない。紹運はその利点を生かし、巧みに島津軍の行動に合わせて兵を動かし、兵は一糸乱れず紹運の指図に従い奮戦する。

十四日の夜襲に失敗した島津軍は、筑後の星野党、調党、黒木党の兵を加え、十五日早朝から岩屋城に攻め寄せてきた。竹束を弾避けの楯として、鼓・鐘を打ち鳴らし、弓矢・鉄砲・火矢を撃ち掛け、梯子を掛けて、三の丸の三つの砦を攻め立てた。

岩屋城の守備兵もこれに応じ軍鼓を叩き、矢狭間から鉄砲を撃ち、岩を投げ下ろし、一歩も引かず応戦した。砦のめぼしい建物は、島津軍の放つ火矢によって焼け落ちた。それでも高橋方の将兵の士気は高く、鉄砲の射撃は紹運の長年の厳しい訓練で鍛え上げられており、寄せ手は多数の死傷者を出し、攻撃は中断した。数に勝る島津軍は新手を次々と投入するが、城の守りは崩せず、三の丸の一つの砦さえ攻略出来ず、亥の刻（午後十時）となり攻撃は終えた。

家久はたまらず天拝山を下り、太宰府の般若寺跡に本陣を移し、翌日の攻撃の総指揮を執ることにした。島津軍は二日間の攻撃で、もう二千近い死傷者を出していた。たかが七百そこらの兵が守る小城、一日で攻め落としてくれるわと意気込んで攻め立てた結果が、敵の守備兵の三倍近い損害を出してしまった。いたずらに日数を費やすわけにはいかない。秀吉麾下の中国勢が、備州の鞆の港から企救半島に向かっているとの情報があり、一日でも早く攻め落としたい。家久は周辺から村人を集め城の間道を訊いた。しかし村人は島津軍が侵入して来た時、周辺の部落を焼き払ったためか、紹運への忠節のためか、誰一人として口を割ろうとしなかった。

炎天下の攻撃は十日目に入った。高橋方に休息を与えることのないように、新手を繰り出し、やっと二十六日に外曲輪の一角を破って城内に攻め込んだ。城兵はかねての予定通り、本丸の尾根続きの西の山砦、二の丸に引き籠もった。三の丸の二つの砦を落とすのに島津軍は数百の死傷者を出してしまった。死傷者の総数は既に四千を超えていた。それに対して高橋方はまだ四百近い将兵が健在であった。

伊集院忠棟は、筑後侵入の直前に隈本までやって来た宗伝の語った言葉を思い出した。

「紹運殿は、島津が筑前に入れば、岩屋城、宝満城をもってお相手申す、何万の兵を連れて来ようとも、武門の意地で防いでみせると申しておられます」

その言葉が現実のものとなってしまった。島津軍は、今までたった一つの城攻めで、これだけの損害を受けたことがなかった。立花道雪、高橋紹運のことは大友方の名将とは聞いていたが、道雪は今はなく、紹運の手兵も一千五百程度であると侮っていた。そのことが今は悔やまれた。このような惨劇を見て、伊集院忠棟には宗伝に対する憎しみが膨れ上がった。博多に攻め込んで宗伝を捕まえ、必ずこの報いを受けさせる、と心に誓った。

島津義久が九州統一を目指し、島津軍を北上させたのは、秋月種実から筑前の手引をするという申し出があったからである。種実がその申し出を行った頃に、大友の重臣の志賀入道道益《どうえき》、入田宗和《にゅうたそうわ》の二人が、秀吉に服属した宗麟を見限って豊後国の地図を義久に献上し、宗麟征討を求めてきた。彼ら二人は大友家の同紋衆であり、吉弘鑑理・斎藤鎮実の死後、大友家の加判衆となっていた。彼らはどこの馬の骨か分からない秀吉に従うことに我慢が出来ず、宗麟を豊後から追い払おうとした。島津義久は彼らの申し出を受け、時来たれりと決断したのである。

二十六日、二つの外曲輪を落とすと、紹運に矢止めを申し入れ、攻め取った砦に守備兵だけ残し、島津軍は後方に兵を退いた。その日の死傷者の撤収と今一度、紹運に降伏の交渉を申し入れるためだった。使者に遣わされたのは、島津の一族・新納蔵人《くらんど》という弁舌の聞こえの高い武将であった。

「紹運殿に物申さん！　拙者は新納蔵人と申す島津の一門の侍でござる。大将の家久殿の使いで参りました。紹運殿に是非ともお目に掛かりたい」

と、蔵人は城の石垣の下から大声で叫んだ。

「おう！　拙者は高橋の臣の麻生外記《あそうがいき》と申す。何用があって参られたか」

と石垣の楼の上に紹運が姿を現した。紹運はわざと部下の名前を使ったのである。新納蔵人は一目で相手が紹運であると見抜いた。がっしりとした体、鋭い眼光、腹に響く太い大きな声は、数々の戦闘をくぐり抜けた武将の威厳をうかがわせた。

「この度の島津の大軍相手の紹運殿の戦いぶり、敵ながら感服いたしております。これまで戦われれば、既に武門の意地も充分にお立ち申そう。かくなる上は、城中の方々のお命と皆様方の所領安堵はきっと取り計らいますので、どうぞ速やかに島津へ降参して城を明け渡しなされてくださ い」

と新納は丁重に言った。

「今の言葉は忠義の侍と噂の高い新納殿の言葉とは思えませぬ。大将紹運に伝えるまでもなく、この麻生外記がお答え申そう。平家物語にいう『諸行無常の響きあり、沙羅双樹の花の色、盛者必衰のことわり』とはこのようなこと。生けるもの必ず滅し、盛んなるもの必ず衰える。源平両家が天下に覇権を争い始めてこの方、足利・斯波《しば》・細川・畠山・一色《いっしき》・大内・武田・朝倉・尼子の名族は破滅いたし申した。大友家は頼朝公より、豊後・豊前・肥後の三国をたまわり、九州に下向して以来、名字は断絶せず、島津家同様に続いてきておりまする。この二、三代は将軍家から御紋をたまわり、足利の家紋の桐を許された九州随一の武門の家でござる。不幸にして大友家、島津家が戦うことになり申し、大友家の武威が衰えかかる事態となった。されど、主人の勢い盛んなる時、奉公に励むのはあまたありといえども、主人の衰えた時こそ、主人のために一命を捨て奉公するのが真の武士でござる。かように申すこの外記も、もとより紹運殿と盛衰をともにする覚悟であれば、主人紹運殿にお言葉をお伝えする必要なしと心得ておりまする」

と紹運は堂々と答えた。

「宗麟公は神仏を廃棄し、寺社を毀しなされ、天理に背き臣下の信望を失いなされた。九州六カ国の管領の宗麟殿は、今や本領の豊後さえ危なくなっておりまする。それに較べ我が島津家の政道は、正しく信義をもって諸将を遇し、一日も早い九州の静謐を願って、この度の行動を起こしたのでござる。智者は仁なき者のために死せずと申しまする。是非とも島津に降って本領の安泰をおはかりくだされ」

と新納は説得を続けた。

「宗麟公は九州探題のご政道を正さんがために、豊後の属領・日向に故なく侵入した島津と戦って敗れただけのこと。日向の伊東は大友家の属国。国主の伊東義祐殿は宗麟殿の妹婿でござった。島津殿も十年前までは根占《ねじめ》、肝属《きもつき》、本郷などが鹿児島まで乱入いたし、国が乱れておったわ。いま大友家が勢い衰えたといっても、さほどの広言は聞き入れ難い。秀吉公が西下されれば島津の運命は如何ようになり申すか知れぬ。大友の杏葉《ぎようよう》の幟も再び九州の各所に翻ることになりましょうぞ」

と紹運はきっぱりと降伏を拒否した。

新納の勧告は徒労に終わったが、島津側はこれ以上の兵の消耗を避けるために、早期和睦を目論んで、僧荘厳寺快心《かいしん》を使者として遣わした。今回の使者の申し出は降伏を求めるものではなかった。

荘厳寺快心は城の本丸に通され、紹運に会い次のように申し出た。

「このまま戦い続けても、両家の手柄にはなりませぬ。島津軍も日夜の攻撃に兵の損傷も多く、紹運殿の武門の意地も通ったことと存じまする。岩屋城、宝満城、立花城の三城の明け渡しはもはや必要ござりません。紹運殿の御実子の一人を人質にお入れいただけば、当陣を退きましょう。豊州と薩州との和議を紹運殿の手でご調儀ください。そして両家相携えて中国勢、秀吉勢に相対しましょう。両家心を一つにして戦えば、遠州の徳川、関東の北条、北陸の上杉などもおりますれば、秀吉が九州に攻め入ることは困難でありましょう。また両家で中国に渡り京まで攻め上り、天下の太平を開くことも出来ましょう」

この快心の言っていることとは、立花道雪と紹運が幾度となく島津に申し入れたことであった。このことは宗麟も同意し、内々に宗麟が肥後を諦め、両家和睦し、まず龍造寺を討伐して次に秋月を整理しようという腹を、宗麟、道雪と紹運とで固めていた。道雪の死後、島津は九州の制覇を目論み、以後紹運の申し出を顧みなかった。紹運は、宗伝を派遣した時がその最後の機会だったと思っている。

「大変心のこもったお申し出と嬉しいことではありますが、このようなことになっては、統虎・統増の息子たちが拙者の考えに同意してくれるかどうか分かりませぬ。もし同意せざる場合、紹運は島津に対して面目を失い、また大友に対しては昔年の忠義が虚しくなってしまいまする。ここまで来ればあなたこなたに心を迷わすわけにはまいりませぬ。秀吉殿の着陣の間に合わぬことは、この城に籠城した時から分かっておりましたこと。また大友の後詰めないことは、仰せの通り、豊後の国内が乱れておること故望めません。かくなる上は城を急いで攻めなされ、紹運は潔く討死するつもりでござる」

と淡々と語った。

荘厳寺快心は城を下りた。辺りはすっかり真っ赤な夕焼けに包まれていた。紹運は西の筑前と肥前の間に横たわる九千部《くせんぶ》、脊振の山並の夕焼けの空を、これが最後と思ってゆっくり眺めた。夕方になり、日中の炎熱も収まり、今は肌に柔らかい涼しい風が吹き寄せている。

眼下には島津兵が粛々と味方の兵の死骸を片付け、傷兵を収容しているさまが見える。南を眺めると、筑後川がおぼろげながら、白く光っていつものようにゆったりと流れている。統増の立て籠もる宝満城は、ここから山に隠れて見通すことが出来ないが、その方向を見れば統増、統増の妻にしてくれと花嫁衣装を着て岩屋城の城門に押し掛けてきた兼姫の顔が瞼に写る。この年の暮れには、兼姫に子が生まれることを紹運は最近知った。孫の顔を見ることが楽しみであったが、その顔も見れずに討死しなければならないことが、ただ一つの心残りであった。

二十七日、島津軍の岩屋城攻撃は未明から始まった。紹運から和睦の勧告を一蹴された島津家久は、兵を交替させながら猛攻を加えた。

かねてから島津軍は、岩屋城の間道を教えた者には、身分を問わず望むだけの恩賞を与えると布告していた。二十六日の夕方、一人の農夫がそれに応じて、島津軍の所にやって来た。さっそく島津軍は一隊を仕立て、農夫を案内人に立てて四王寺山の山頂に出た。山頂の守備兵を倒し、裏木戸から二の丸に攻め込んだ。

統増は幾度も、兵を連れて宝満城を下り、父紹運の岩屋城に救援に向かおうとした。その都度、統増は岩屋城から付いてきた侍大将の北原進士兵衛に押し止められた。

「若殿！　お館様から、ここの守備はこの進士兵衛に任されております。拙者は如何なることがあろうとも、この宝満城から若殿を出さないよう仰せつかっております。また二百や三百の兵を引き連れて、島津の六万の兵と戦っては犬死でございましょう。お館様はお悦びはなさいますまい。拙者はお館様に父を誅殺されました。その拙者を見込んで、お館様は若様をお預けになりました。もし若様が城を出られ、島津に討たれなさいますと、父鎮《しげ》久《ひさ》の無念を晴らすため、統増様を見殺しにしたと拙者がそしられましょう。武士としてそのような屈辱には堪えられません。お出掛けになるならば、拙者を上意討ちになさってからにしていただきましょう」

と進士兵衛は統増をとどめた。

進士兵衛の父鎮久は数年前、秋月種実に内通したことによって紹運から誅殺されていた。その時紹運は進士兵衛に親書を送り、鎮久を殺さなければならなかった事情を詳しく述べ、進士兵衛のことは忠義の侍と信じており、進士兵衛が父の恨みを持つならば、紹運の許を去ってもよし、鎮久を上意討ちにした事情を理解し、そのまま仕えるなら、今まで通りの処遇を約束した。主君が家臣の上意討ちの事情を説明するようなことは異例である。進士兵衛は自分を評価してくれた紹運の心意気に感激して紹運に従う決心をしたのである。

裏手から二の丸に侵入した一隊の上げた旗と火の手を見ると、正面の島津軍は一斉に崖をよじ登り、高橋方の鉄砲、落ちてくる大石に怯まず攻め上った。崖下は大石で押し潰された兵士たちで埋まり、阿鼻叫喚の声が谷底に充ちる。農夫の道案内で裏木戸を破り二の丸に侵入した島津軍で、西の砦は本丸との連絡を断たれた。

二の丸の虚空蔵台の持ち場を守る福田民部は、部下二十名と薙刀を振るって奮戦した。だが、何しろ多勢に無勢、全員が島津兵の刃に倒された。その下の西の砦の将・三原紹心《じょうしん》は、前後を敵に挟まれ、もうこれまでと薙刀を振りかざして群がる敵を凄まじい勢いで切り倒し、自分も数カ所に深手を負うとみるや、打ち掛かってくる島津兵の刀を叩き落としぐっと組み付き、崖上まで押して行きそのまま崖下目掛けて飛び込んだ。

紹運の家老の屋山中務（種速）は一族郎党を引き連れ、二の丸から本丸への木戸を固めていた。攻め上って来る島津兵を五人まで突き伏せたが、崖をよじ登り背後に回った島津兵に包囲され、槍を抱えて討死した。種速の末子・新介は、種速の討死を見ると刀をつかんで本丸から飛び出して行き、瞬く間に島津兵の刀で倒されてしまった。新介はまだ十三歳の少年であった。

もう紹運の詰める本丸にしか高橋の侍は残っていなかった。二の丸には敵味方の屍が累々と横たわり、その両側の谷底には寄せ手の兵の骸、傷を受けた兵士が折り重なっていた。

戦いは朝六時から午後四時まで続いた。まだ紹運の詰める本丸は落ちていない。紹運は大薙刀を振るって攻め上って来る敵を迎え撃つ。馬廻りの侍が一団となって紹運に従った。壮烈な白兵戦が四半刻ほど続いた。紹運は先頭に立ち、寄せ来る敵を十七人まで切り倒した。本丸は三方からよじ登って来る島津兵で充ちた。もはや崖をよじ登る島津兵を防ぐ高橋方の侍はいなかった。生き残りの五十名ほどが紹運の身の周りを固めた。

中島馬之助が怒鳴った。

「お館！　早くご自害を……。左京亮！　お供をしろ」

中島馬之助は櫓に登る紹運の周りを生き残りの旗本たちで固めた。紹運の後ろに吉野左京亮が続いて登っている。

島津兵は鉾を収めて、櫓に登る紹運の姿を眺め、誰一人として鉄砲も弓も射掛けようとしない。本丸に突然の静寂が訪れた。

櫓の上に登った紹運はどっかりと坐り込み、辞世の句を声高らかに読み上げた。

「屍をば　岩屋の苔に埋めてぞ　雲井の空に　名をとどむべき」

短刀を腹に突き当て、吉野左京亮が介錯の太刀を振るった。紹運、三十九歳であった。

高楼の周りを固めた旗本たちは、主人の最期を見届け、ある者はお互いに刺し違え、ある者は自ら腹を切った。七百六十三名の紹運の部下が一人残らず死に絶えたのは、二十七日の午後六時過ぎであった。

翌日の早朝、島津家久は旗本たちを連れて本丸に登ってきた。この半月の戦いで島津軍の戦死者は三千五百に達していた。負傷者は一千五百名いた。家久は部下に、岩屋城の間道を教えた農夫の首を抱えて持ってこさせた。家久はその農夫に大金を払って間道を案内させたが、これほどの防禦戦をやり抜いた紹運の奮闘が、たった一人の農夫の裏切りで破られたことに我慢がならなかったのである。

本丸は東西十間、南北二十間の狭い場所である。その場所に最後の高橋勢の二百ほどの死骸が折り重なるように倒れている。島津兵の死骸はもうすでに片付け終わっていたが、高橋方以上の死者を、この本丸の攻防戦で島津軍は出してしまっていた。

家久は紹運の骸の前に膝を着き、

「見事な戦いでござった。家久、心から感服いたした。これなる首は岩屋城への間道を教えた百姓の首です。せめてもの慰みにお供え申す。敵味方にならずに、一緒に戦えればどれほどよかったことか……。されどこれも武門の定めでござろう」

家久は目をつぶって紹運の冥福を祈った。

部下が家久への紹運の書状を差し出した。

「どこにこれはあったか」

と家久は訊いた。

「紹運殿の鎧の袖に……」

家久は手紙を開いた。手紙には宗麟宛の岩屋城を守りきれなかった詫びと、紹運が楼上で詠んだ辞世の句が書かれていた。そしてこの手紙を宗麟に届けてほしいと家久に頼んでいた。

「惜しい武将を亡くしたものだ。宗麟殿は、かような家来をお持ちになっておられたのか……」

家久には勝利の悦びも、明日からのことも考えることが出来なかった。ただ今のこの時は、一人の剛胆で信義に厚い武将の死を悲しみたいだけであった。

家久は家臣に命じて、紹運の遺骸とともに死んだ高橋の将兵の遺骸を集め塚を築き、観世音寺から僧を招き丁重に葬った。この戦いに勝ちはしたものの、島津の九州制覇の望みは潰れたことを家久は知った。五千以上の兵の損傷を受けては、これ以上の要害の城、統虎の守る立花城を抜くことは出来まい。しかしここから引き揚げることは、大友に敗れたことになる。北上して立花城を囲み、島津の退く機会を見つけなければなるまい、と心が暗くなった。

七月二十八日、家久は岩屋城で捕えた紹運の妻・宗雲尼《そううんに》を先頭に、家臣の女子供たちを楯にして、薩軍に宝満城攻撃を命じた。紹運の妻は夫紹運の最期と心得、籠城の始まる前に頭を丸め尼僧となり、宗雲尼と称していた。

宝満城は高橋・筑紫の混成部隊であり、筑紫勢は筑紫広門の降伏、高橋軍は岩屋城の落城、主君紹運の自害の報せで動揺していた。島津は、統増が降伏すれば立花城への立ち退きを認め、降伏しない時は統増の母親宗雲尼を始めとする岩屋城で捕えた女子供を皆殺しにする、と開城を要求した。宝満城は島津の条件を呑み開城した。島津軍は統増夫妻を解放せず肥後に送った。高橋方に荷担した竈門山寺に島津軍が火を放ち、坊舎、仏閣は大半焼け落ちてしまった。

轟音

七月二十七日の深夜のことである。和吉が宗伝の店に戻ってきた。和吉は物売りに化けて岩屋城を囲む島津軍の周辺で行商していた。島津の雑兵たちは近隣の村に押し入って物を略奪した。略奪した物で雑兵たちの懐が豊かだと見ると、近隣から行商人が集まる。そのような一団に混じって、和吉は攻城戦の間、太宰府付近に滞在して戦闘の成り行きを見ていた。

迫ってくる島津軍の乱暴狼藉を避けるため、他の博多商人の店と同様に奉公人たちを近隣の村に避難させていたので、宗伝の店はがらんとしている。残っている者は、店を任せている法玄と奉公人の飯炊きの老婆と年老いた下男だけである。店の品物も持ち出される物はほとんど運び出してしまって、広い店先の土間は不気味に静まり返っていた。

下男から和吉が帰ってきたとの報告を受けて、部屋で床に着いていた宗伝は法玄とともに起き上がり店の板の間に出てきた。

「おお、和吉、無事であったか。何よりだ……。腹が減っているだろう。まず飯だ。飯を食いながら話を聞かせてくれ」

と宗伝は和吉に言い、傍らの下男を振り返り、

「ばあさんに茶漬けを用意するよう言ってくれ」

と命じた。

「見事なご最期でござりました。惜しいお方を亡くしました」

和吉の目は潤んでいた。

「そうか……。されど、あの少ない兵で六万の島津を半月もよく食い止めなされた。さすが紹運殿じゃ」

「それは見事なご最期でござりました。夜明けから始まった島津の攻撃は、午後になりますと一層激しくなりました。もうその頃は三の丸、二の丸に島津の旗差し物が上がりました。それでも本丸には杏葉の幟が翻っておりました。それから二刻ほど過ぎて、今まで聞こえていた銃声が突然途絶えてしまいました。そして本丸の櫓に島津の幟が上がりました。おそらくその時が紹運様のご最期でありましょう」

「…………」

宗伝は目を瞑って、和吉の言葉を聞いた。紹運の最期が目に浮かぶ。

「ご主人、島津軍はご主人の首に賞金を賭けて探しております。数日で博多に乗り込みましょう。博多を引き揚げ、一旦堺にお戻りください」

「まさか、商人の私に無体なことは働くまい。島津も名誉を重んずる家だ。私を殺すようなことはなかろう」

と宗伝は豪腹なところを見せた。

宗伝は伊集院忠棟の顔を思い出した。忠棟に会って紹運の戦いぶりを誇ってみたい気がする。

数日前から島井宗室は、宗伝に「永寿丸」に乗って博多を引き揚げることを勧めていた。宗室など博多商人は、神屋宗湛を上洛させて秀吉に会わせようと決めた。宗湛であれば宗室の代わりが務まる。明まで鳴り響いた松浦党、五島の海賊たちも、宗湛の富と海運力に逆らうことは出来まい。宗室は利休に書簡を送り、九州の静謐のために秀吉の出陣を要請し、博多商人が秀吉に軍需物資・兵員の輸送に協力すると約した。上方で神屋宗湛を引き回し、秀吉に会わせるには、上方の事情に詳しい宗伝が堺に戻って準備しておく必要がある、と宗室は言っている。宗伝が今まで博多に残ったのは、紹運の最期を知っておきたかったからである。

「和吉、物置に面白い物がある。宗室殿が五島の海賊から貸し金のかたに取られた物ということだ。朝鮮の大筒ということだが、仏郎機砲《フランキ》と違って火箭《かせん》を飛ばす物らしい。仏郎機砲の操作が出来る和吉なら、これを立花城に持ち込んで役に立てることが出来ると思って、宗室殿の所から運んできた。これを立花城に運んで城の守りに役立ててほしい」

宗伝は和吉を物置に連れていった。

和吉は大筒を見ると、

「ご主人、これで炮烙を飛ばしてみましょう。必ず役立ててご覧に入れます」

と言った。

物置に五門の銅製の大筒があった。鉄砲のような機動性はないが、城壁に備えて炮烙を飛ばすことが出来れば敵の脅威になる。

「ここに戻って来る途中、統虎様の派遣されました谷川大膳《だいぜん》様と一緒になりました。岩屋城の落城直前に紹運様の命で、立花城の統虎様の所に戻られるところでございました。今、宗室様の所におられます。谷川様に申し上げて立花城に持ってまいりましょう」

「法玄殿、本道寺村が心配じゃ。今度の戦いは、今までの戦いとは違う。もはや守護不輸・不入の土地という特権などはない。玄信殿のご様子を探ってくれ」

「大丈夫でございます。我らは修験者の一族でございますから、あの辺りの山にいくらでも隠れる所を持っておりまする。きっと於綾殿、佐弥太殿の安全をお報せ出来ると存じます。

そのことよりも、一刻も早くここをお立ち退きください」

その翌朝の船で宗伝は上方に去った。

翌日、谷川大膳と和吉は五門の大筒を荷車に積んで立花城に向かった。二人が立花城に着いたのは夕刻であった。城に近付くと、谷川は和吉を叢にひそませ、ただ一人立花城の城門に近付き、

「谷川大膳、只今岩屋城から戻ってまいりました」

と怒鳴った。

立花城では岩屋城の落城を知り、立花統虎が家臣を集めて、

「この立花城を落とされると、島津は一気に豊前に進み、高橋元種、長野、城井と合体し、毛利が九州に上陸出来なくなる。この立花城は大友が二百年守ってきた城だ。命を賭けて守り通す」

と督戦の最中だった。

さっそく、谷川と和吉は城内に呼び込まれた。統虎は谷川と和吉から父紹運の凄まじい最期を聞いた。統虎と家臣たちの胸に、島津との戦いで岩屋城以上の戦いをやろうという決意が燃え上がった。立花城の侍たちには岩屋城で討死した縁者を持つ者たちが多くいる。

和吉が統虎の前に進み出て、

「岩屋城で紹運公があれほどの戦いをなされたのは、鉄砲と炮烙の火力によるところも大きかったのでござりましょう。荷車に大筒と炮烙を積んでまいっておりまする。主人・宗伝は、これを立花城で使っていただきたいと申しておりました」

「宗伝殿のことは黒田殿の家臣・小林殿からもお聞きしておる。大筒が役立つ物であれば、使ってみよう」

八月二日、第一線に秋月の幟が翻った。間者の報せで島津軍の本隊は博多の町に入り、秋月種実は立花城に近い香椎神宮の森に兵を進めたということであった。

統虎の妻・誾《ぎん》千代は立花道雪の娘である。小紋の小袖にたすきを掛け、頭に白鉢巻を結んで、同じ格好をした女中数名を連れて城の中を見回り、侍たちに声を掛けて回る。台所に入れば、そこにいる女たちに命じて、食事の手配から持ち運びまで指揮を執る。誾千代は父道雪の血を受け継いで、女だてらに武芸者である。敵兵が城内に攻め込めば、女兵を率いて薙刀で防戦するという。家臣たちの志気は盛り上がった。

統虎は秋月の幟を見ると、むらむらと敵意を沸かせ、

「憎き種実め！　蹴散らしてくれるわ。城門を開け！」

と命じた。

「殿、なりませぬ。昨年の秋月とは異なります。今度は島津が後詰めに付いております。野伏せりの策でありましょう。ここは城を固めて関白殿の援軍を待ちましょう。我慢なされてください」

と十時摂津が必死で止めた。

野伏せりの策は島津の得意な戦法である。龍造寺隆信もこの戦法におびき出されて、隊列が延び切ったところを側面の伏兵に攻撃されて敗北し、その首を取られた。

統虎は島津の野伏せりの戦法のことはよく知っている。しかし二十歳の若さで血気盛んである。立花道雪に見込まれて、一人娘の誾千代の婿になった若武者であり、戦闘に自信があった。

前年、立花道雪と高橋紹運の二人が筑後に出征した留守中に、立花城の守りが手薄であると見て、秋月種実は三千の兵で立花城を取り囲んだ。統虎にとって種実は憎き相手であった。その時も今回と同じように、家老たちの意見は城門を閉じ籠城しようということであった。統虎は家老たちの意見を押さえ、三百の兵を引き連れ城から打って出て、秋月を追い散らしたことがある。

「この統虎は幼少の時から父紹運公から兵学と戦法を教わった。立花城に来てからは道雪公に従い、実戦を学んだ。単に籠城ばかりでは駄目だ、戦意が衰える、一度敵の隙を見澄まして、城を出て相手の先鋒を打ち破れ、敵の戦意を挫くことが必要である、とお二人は仰せられた。そうすれば敵は用心して城攻めに慎重になり、日数が稼げる。まして秀吉公の救援は何時になるか知れぬ。そうじゃ、和吉とかいう宗伝殿の配下の者が来ていたな。彼の者の言う大筒を使ってみよう」

和吉は統虎の前に呼び出された。

「殿のお考えには一理ございます。このままでは立花城は島津の重囲に締め上げられましょう。島津家久の本陣が博多にいる間に一叩きして、敵の戦意をそぎましょう。まだ立花城をどう攻めるか、軍議は整ってはおりますまい。敵は岩屋城の戦いで、島津の主力を多数失っております。またこの暑さで、彼らの疲労は当方の比ではございますまい。島津に従って従軍している肥後・筑後・肥前の国侍たちは、長引く戦いで士気が落ちているはずでございましょう。初戦に勝てば敵は用心して慎重になりまする。そうすれば時間を稼げ、毛利の援軍が間に合うことになりましょう」

と、和吉は統虎と家臣たちの前で答えた。

「それで、そなたのいう大筒とは」

と十時が訊いた。

「十時様、仏郎機砲というう大砲をご存じでございましょう」

「噂には聞いている。宗麟公が南蛮から買い付けられたという……」

「さようでございます。あれを買い付け、臼杵に運び、操作の方法をお教えしたのは、この私でございます」

十時は驚いたように和吉の顔を見つめた。

「仏郎機砲がここにあるのか」

と十時は尋ねた。

「いや、仏郎機砲ではありません。昨日お見せしたあの大筒です。しかし、城外で使うにはこれの方が面白いかも知れません」

「…………」

「仏郎機砲よりも小型ですので、二人ぐらいで手軽に持ち運び出来ます。城壁に備えて攻撃軍を破壊するには、仏郎機砲に劣りますが、機動性はこの大筒の方が勝ります。火箭を飛ばす物ですが、本道寺村から腕の良い職人が着きましたので、飛ばす物を火箭と炮烙にいたしましょう。飛距離は五、六十間は出ます。発射の時の轟音、頭上に火の玉が飛んで来たことで、敵は大混乱になるに違いありません。そこを統虎様の騎兵で突き崩せば、秋月方は総崩れになりましょう」

昨夜、法玄が火薬と職人を連れて立花城に着いていた。

「敵が援軍を送って、出撃した殿を包囲すれば……」

「出陣した殿は深追いせず、敵の応援が駆け付ける前に撤退していただくのです。仮に包まれそうになれば、大筒の射程内に戻って来ていただく。そうすれば我々が大筒を放って、敵を追い払います。鉄砲足軽十名と砲を持ち運ぶ人足十五名ほどをお貸しください。砲の操作は本道寺村の者たちにやらせます」

「よし、面白い。それをやろう。騎兵を三百連れて行く。拙者自身で打って出る」

と統虎は同意した。


翌朝、夜が明ける前に、和吉たちは五門の砲と砲弾を持って城を出た。鉄砲足軽が彼らの前後を警戒し、秋月兵の野営地に近付き、秋月陣を見下ろす高処《たかみ》に砲を備え、鉄砲足軽に油断なく鉄砲を構えさせて、秋月軍の動きを見張らせた。一刻ほど経って、秋月軍は立花城に向かって押し寄せ始めた。

「いいか。城門が開いて統虎様が出陣されたのを見届けて、砲を撃つ。秋月方を射程に捕えよ」

と和吉は言った。

秋月兵はじりじりと城に迫る。大筒の射程内に入ったと同時に、城の大手門は左右に大きく開き、統虎の率いる騎馬兵が一斉に城門を飛び出した。先頭に立つ統虎の兜が朝日にきらめく。統虎の出陣を見て、秋月兵は喚声を上げて足を早める。まだ秋月の鉄砲隊の弾は統虎の騎馬隊に届かない。統虎は騎兵を横一線に整列させている。秋月兵は鉄砲隊を前に出し、統虎を射程距離に入れようと前進して来た。和吉の隠れている所から秋月兵までは四十間もない。

「砲を撃て！　鉄砲を撃て！」

と和吉は号令を下した。

五門の砲は一斉に火箭と炮烙を放った。天地を揺るがすような轟音がこだました。秋月兵の上に唸りをたてて、火箭と炮烙が落ちた。炮烙のうちいくつかは花火のように空中で爆発する。火の粉と球の内部に仕込まれている鉛の弾が秋月兵の上に降り掛かる。何が起こったか分からないままに秋月兵は大混乱となった。統虎の騎兵はその秋月兵に襲い掛かった。和吉は、目の前を真っ黒に固まって通り過ぎる統虎の騎兵を見て勝利を確信した。

散々秋月方を蹂躙した統虎は、

「深追いするな！　城に引き揚げろ！」

と命令した。

統虎の馬廻りはさっと統虎を取り囲み、城に引き揚げた。統虎の騎兵を追う秋月方の兵はなく、島津の援軍が駆け付ける間もない素早さであった。

季節は夏の暑さ盛りであり、城を包囲する兵士たちに病人が相次ぎ、島津軍の陣中に厭戦気分が蔓延した。岩屋城攻めで多数の死傷者を出し、立花城を包囲する島津軍の志気は上がらない。各地からの寄せ集めの軍であることから、島津家久の命令は徹底しない。城に近付けば大筒と鉄砲に撃退され、城の攻撃に戦果を上げることが出来ない。むしろ紹運の弔い合戦と奮戦する立花城の守備兵の士気が高まった。筑後・肥前から集められた諸将たちは機会を見て島津軍から離れ、勝手に帰国を画策する状況になった。

八月十六日、小早川隆景の先鋒隊が企救半島の柳ケ瀬に上陸したという報せが伝わった。島津家久は立花城の包囲を解き、撤退の決心を固めた。二十四日、島津は博多に兵を集め、博多の町を焼き払い南に退いていった。

統虎は、島津軍の殿軍として高鳥居城に残った筑後の星野党の侍たちを追い払うことにした。高鳥居城は、三郡山塊の若杉山から西に延びた支峰・岳城山《たけじようやま》の山頂にある城である。星野党の星野吉実《よしざね》・吉兼《よしかね》の兄弟が三百名の手兵で、肥後に撤退する島津軍の捨て石にされて立て籠もっていた。

八月二十五日、統虎は小野和泉、薦野増時《ますとき》に五百の兵を授けて軍を二手に分け、一隊は東の砦、もう一隊は大手門を攻撃させた。前日立花城に着いた毛利の援軍二百は、搦手の星野吉兼の守る二の丸に攻め掛かった。捨て石にされた星野党の奮戦は凄まじいものであった。戦いは巳の刻（午前十時）から始まり、星野勢は崖下から登って来る立花勢に鉄砲を撃ち掛け、岩石、大木を投げ落とし抵抗した。この高鳥居城は筑前守護代の杉興運の頃に築かれ、龍徳城の杉連並が一時両城の城主を勤めていた。しかし杉連並が秋月種実に圧迫され、この城を見捨て、長らく空き城の状態だったために荒れ果てていたのが立花勢には幸いだった。

激戦の中で、城の壕に近付き過ぎた統虎は敵の射撃で兜の先端を吹き飛ばされた。

大将の大事とばかり統虎の周りに集まってきた馬廻りの侍たちに、

「大将が身をもって当たらねば、どうして勝ちえようぞ！」

と統虎は叱咤し、先頭を進んだ。

この統虎の勇気が立花勢の志気を高め、十時伝衛門、安藤津乃助などが塀を乗り越え城内へ攻め込んだ。

崖下で指揮を執っていた小野和泉は、星野の兵の投げ下ろした落石に当たって倒れた。部下が小野和泉を後方に下げようとすると、

「何をするか。拙者の身体を踏ん付け崖を登って城内に攻め込め！　拙者、城が落ちるまでここから一歩も退かぬ」

と小野は部下を叱り付けた。

和泉の郎党の小野理右衛門が、混戦の中、城に忍び込み城の各所に火を付けて回った。折りからの風を受けて火はたちまち城内に拡がった。立花勢は風上に回って鉄砲を撃ち掛け切り込む。星野吉実は長身で膂力の強い侍である。三尺を超える大刀を振るって立花勢相手に戦っているうちに、大刀が折れた。門の中に逃げ込もうとする星野吉実に十時伝衛門が追いすがり、吉実を槍で刺し殺した。同じ頃、二の丸を守る弟の吉兼も毛利の猛攻に討死し、高鳥居城は落城した。星野党の三百余名がことごとく戦死したのは丑の刻（午前二時）であった。

高鳥居城を落とした統虎は、秋月勢が占拠している岩屋城と宝満城へ向かった。秋月勢の主力はすでに島津と一緒に撤退し、秋月に引き揚げた後で、岩屋城には城番として桑野新右衛門の手勢三百名が詰めているだけであった。桑野は統虎の接近を聞き付けると、手兵をまとめて観世音寺方面の間道伝いに秋月に向けて逃げた。統虎は岩屋城の戦没者の遺骨を集め、崇福寺の僧を集めて父と戦死者の霊をまつった。

八月二十七日、大善寺に閉じ込められていた筑紫広門は薩摩に連れていかれる前に脱走し、旧臣一千名を集め秋月勢の立て籠もる勝尾城を攻め、城を奪回した。

岩屋城、宝満城を奪回した統虎は秀吉から命じられて、筑前における秀吉の先手の大将になった。統虎は肥後の南関《なんかん》に監禁されている母・宗雲尼と妹の救出を龍造寺政家に依頼した。鍋島直茂はぬかりなく秀吉に通じて岩屋城攻めに兵を出さなかったが、政家は岩屋城攻めに参加している。政家にとって統虎の母と妹の救出は、秀吉から罰せられないための試金石である。政家はさっそく島津に手切れを通告し、南関に部下を派遣して、島津の衛兵を追い払い、宗雲尼と統虎の妹を救い出し立花城に送り届けた。このため肥後に監禁されていた統虎の弟・統増とその妻は、立花軍の奪回を懼れる島津により、薩摩の祁答院《けどういん》に閉じ込められることになる。統増夫妻が救出されるのは、秀吉が九州遠征を行い、島津義久が秀吉に降伏した一年後のことである。

大友の本国・豊後を救援するために派遣された土佐の長宗我部元親・信親親子と讃岐の仙石秀久、十河存保《そごうまさやす》の六千の兵の乗った船が府内の沖の浜に到着したのは、天正十四年の九月の上旬であった。

その頃秀吉の軍監・黒田孝高は、秀吉の名代として立花城を訪れ、立花城を守り通した統虎の功績を賞した。しかし豊前・筑前にはまだ秀吉に服属を誓っていない国侍たちが多くいた。筑前には秋月種実（夜須郡秋月荒平城）、原田信種《のぶたね》（怡土郡高祖《たかす》城）、麻生鎮里《しげさと》（遠賀郡花尾城）、豊前には秋月種実の弟、高橋元種（田川郡香春岳《かわらだけ》城）・長野種信（京都郡馬ケ岳城）や宇都宮（城井）鎮房《しげふさ》（中津郡城井郷《きいのこ》城）などが城に立て籠もり、抗戦の姿勢を見せていた。

豊後では秀吉に従うことに異を唱える、豊後の南郡衆が結束して大友義統の方針に従わず、島津を豊後に呼び込もうとしていた。

豊後崩壊

堺に戻った宗伝は旅の疲れを癒すと、道叱に会いに行った。

「宗麟公はかけがえのない武将をなくされました」

と道叱は紹運の死を惜しんだ。

「岩屋城の戦いは七百ばかりの高橋軍の死闘となった壮絶なものでした。さすが紹運殿、見事な戦いぶりでござりました」

「毛利はやっと関門海峡を渡ったということでござりますなあ……」

「私が博多を出るまでには、まだ噂ばかりでござりました」

「秀吉公は、島津が筑後の国境を越えたとお知りになると、さっそく、シメオン殿を差し遣わし、島津が退散せざる場合、毛利輝元公、羽柴秀長公を出陣させると申しておられました。既に四国の長宗我部・仙石勢は豊後に着いているはずでございます」

「安芸の沖で長宗我部・仙石の軍船とすれ違いました。秀吉公がやっと御輿を上げられたと、安心したものでございました。それで秀吉公の御出陣は何時のご予定で……」

と宗伝は訊いた。

「何時になることでございましょう。なかなか御輿の上がるようではございません。噂では来年の春ではないかということでございます」

「来年？」

宗伝は驚いた。

「秀吉公の九州遠征の目的は、圧倒的な軍事力で九州の諸公の心胆を寒からしめ、戦わずしてその威風に従わせるということでございましょう。ですから、堺や国友の鉄砲職人や鍛冶職人に膨大な数の鉄砲・長槍を発注してあります。もし調儀で片付かない場合、一挙に攻め滅ぼす。それも今まででは考えられないような破壊力を使って、相手を圧倒することを考えておられます。秀吉公は九州征討のその後のことを考えておられるのでございましょう」

「その後のことと申しますと」

「それは北条攻め、関東の静謐、更に進んで天下の統一、そして朝鮮への出兵でございます。それで駿府の家康公のご上洛を今、お待ちになっておられるということです」

「やはり唐御陣に執着しておられますするのか」

と宗伝は呟いた。

宗伝は、秀吉という人は所詮、己の力を見せ続けなければ満足の出来ない人だ、国を統一し庶民に平和な暮らしを与えることが出来ない人だ、と腹立たしくなった。

「秀吉公はいよいよ驕慢《きょうまん》になられておる。民の困窮などはいささかも考えておられまい。秀吉公は戦いを続けて領地を手に入れ、部下に恩賞を与えない限り、彼らの忠誠心はつなぎ止められないと信じておられる。人の心はすべて富と栄誉を得ることによって満足するとお考えじゃ」

と道叱は吐き捨てるように言った。

宗伝は国の安寧を神に祈った宗麟との違いをまざまざと思い知らされた。

「宗麟公がご健在ならば、唐御陣には反対なさりますでしょう。堺まで戻ってくる途中聞いた話では、島津は博多から撤退したようでござります。九州の諸侯はなんといっても朝鮮と縁が深うござりますれば、秀吉公の命令といっても唐御陣に加わるとは思われませんが……」

「豊後が保たれ、宗麟公の権威が崩壊せねば、それも考えられまする。この唐御陣のことは賢所でも反対されておられるとのこと。また秀吉公の弟・羽柴秀長公はたいそう心配しておられると聞くが、もう誰も止めることは出来ますまい」

「宗麟公の権威が崩壊せねば、と仰せられますと」

「宗伝殿、豊後の南郡衆のことをご存じか……」

「入田宗和、朽網宗歴《くたみそうれき》、柴田紹安《じょうあん》、一万田宗相《そうあい》（紹伝）、志賀道益などでござりましょう。秀吉公に服属した宗麟公を見限って、島津に走ったという噂のことでござりますか」

「そうです。彼らは豊後南部の直入《なおいり》郡、大野郡、臼杵郡に所領を持つ大友家の同紋衆でござります。南郡衆の所領は島津の支配下になった日向・阿蘇と国境を接しておりますから、この度こぞって島津軍の豊後進攻の手引をすると申し出たようでござります」

「しかし、島津は筑前から撤退しておりまする」

と宗伝は気色ばんだ。

「島津の力はまだ残っておりましょう。国境沿いの大友の同紋衆が宗麟公を見放したとすると、島津は豊後に侵入する……。大友の力はがたがたになる」

「それを防がねば……」

「そうです。だから利休殿は、宗室殿に上洛してもらい、秀吉公に会ってもらいたいと申しておられる」

「宗室殿は、自分は博多の町役人をしているので、島津軍が今にも攻め込んでくる状況では到底上洛は出来ない、だから神屋宗湛殿を上洛させようと申され、私が上方で宗湛殿のお世話をすることになり、一足先にこうして戻ってまいりました」

「神屋殿……。神屋家は博多の大商人の家でござりましたな。宗湛殿なら宗室殿の代役が務まりましょう。宗室殿は兵糧の準備、兵の宿舎、道路・橋の構築、兵員・糧秣の輸送の船舶の手配などのご奉公を申し出られ、秀吉公の御出陣を一日でも早くしてもらいたいということでござりますか」

「その通りでござります」

「宗麟公のためにも……」

「……………」

宗伝は大友の同紋衆による謀反の陰謀のことを聞いた今では、宗麟のためとは言えなかった。

「よございましょう。唐御陣のことは今後のこととして、今は九州の静謐がまず先でござります。ところで宗湛殿は何時上洛なさる」

「九月の下旬頃には、と申されておりました。私が博多を出たのは島津の進攻の前でしたので、はっきりとは……」

「宗湛殿は今どこに？」

「肥前唐津におられるとかいうことでした」

「宗伝殿はこれから忙しくなられますな。甥の宗及に宗湛殿のことを伝えておきましょう。堺商人たちは宗湛殿にお会い出来るのを楽しみにいたすことでしょう。その折りは是非、堺にお連れください。一緒に茶でも飲みましょう」

毛利と黒田の混成軍が九州に上陸し、仙石秀久、長宗我部元親が豊後に入っても、筑前・豊前の戦火は収まらなかった。十月になって、やっと毛利が高橋元種の支城の小倉城を攻め落とした。高橋元種は企救山脈を越えた田川郡の香春岳城に逃げ込んで抵抗を続けている。

宗伝は十月になって宗室から、その月の終わりに神屋宗湛が上洛するという手紙を受け取った。利休を通じて秀吉に神屋宗湛が上洛する旨を取り次いでもらっているが、宗室の上洛を望んでいた秀吉の機嫌はよろしくないということである。もっぱら津田宗及、今井宗久を通じて、宗湛のことを秀吉に売り込んでもらっている最中である。

十月二十八日、神屋宗湛は上松浦郡唐津村を出て、加布里村(現前原市)で船に乗った。博多に着き、宗室と打ち合わせ、博多を出て下関で船を乗り継ぎ兵庫に着き、十一月二十一日、京都の下京区下京四条の森田浄因《じょういん》宅に宿をとった。十一月二十三日、宗伝は京に上り、宗湛を津田宗及の屋敷に連れていった。

「この度は遠路ご足労掛けました。ところで宗室殿はご奉公の儀につきまして、ご了承してござりまするか」

宗及は一番気に掛かる問題を率直に訊いた。秀吉から、糧秣の調達、船舶の手配に博多商人が協力するかどうかを確かめるよう厳しく命じられていた。

「心得ておりまする」

と宗湛はすかさず答えた。

その言葉を聞いて、宗及は顔をゆるめ安堵の表情を見せた。

「しからばそちらの状況をお聞かせ願えませんか」

「ご承知と存じますが、国侍たちは島津の撤兵の後も、それぞれの所領の砦に立て籠もり、小競り合いを続けておりまする。毛利はやっと小倉城を落としました。黒田孝高殿の兵力は三百ほどで、豊前の国侍の反抗を抑えきれてはおりません。近々毛利軍の応援を受け宇留津《うるつ》城を攻めるということでござりますが、なにしろ毛利も兵力が足りないということでござります。今の状況が続き、もし豊後で何かあれば、筑前・豊前も一騒動になりましょう。かくなる上は一刻も早く、関白殿下の御出陣を待つばかりです」

「叔父の道叱からも、そのような話を聞いておりますが、関白殿下のお指図は追々と人数を遣わすということでございます。先月、徳川家康公が入洛なさりました。これで関白殿下のご心配の一つが消えました。家康公が臣下となられたことがはっきりしましたから……。今月の初め、天皇は御位を若宮様にお譲りになりました。近々関白殿下は太政大臣に任じられるということでござります。祝賀の行事が続きます。着々と京における政権の基盤を固められておられます。九州征討は年が明けて発表になると存じます」

「では、宗湛殿が関白にお会い出来るのは何時になりましょう」

と宗伝は訊いた。

「そのようなことで、年内は無理でござりましょう」

宗伝は宗麟と秀吉の地位が更に開くことに不安を覚えた。あとは秀吉の遠征前に豊後で混乱が起こらないことを祈るしかなかった。

「ところで神屋殿は無位無冠のお方故、そのお姿では関白、更に太政大臣にお進みになられた秀吉公とのご対面はかないますまい。法体《ほったい》になられる必要がござります」

と宗及は宗湛に言った。

宗湛は宗及の勧めで法体になることにした。宗及が宗湛を伴って大徳寺の古渓《こけい》和尚のところに連れていくことになり、宗伝は堺に戻った。十二月三日、得度を済ました宗湛は京を発って堺に来ることになった。

飛脚便で宗湛が京を出たことを知った宗伝は、天王寺まで迎えに出ることにした。宗湛は楠葉《くずは》で一泊し、四日に堺に着くと書いてきていた。宗湛と宗伝の間で、宗湛が堺に来る際は宗伝が天王寺まで迎えに行くと決めていた。宗伝は毎日、宗湛から手紙が来るのを待っていた。秀吉の対面の日が決まったかどうかが気に掛かる。

宗湛の手紙を読み終えると、

「お艶、明日博多から大事なお客様がお見えになる。茶室の用意をしていてくれ」

と命じた。

「ここにお泊まりでございますか」

「いや、ここでは赤子もいることだし、宗湛殿は落ち着けまい。宿は大安寺に頼んでいる。今から道叱殿のところに行ってくる」

と宗伝は言い置いて道叱の家に駆け付けた。

お艶は先月中頃に男の子を出産したばかりである。

宗伝が、宗湛が明日堺に来ると道叱に伝え、天王寺まで迎えに行くと言うと、

「やっと堺にお見えになるか……。私も天王寺まで行きたいが、寄る年波で、遠歩きは苦手じゃ。明日の馳走を用意しておくから、当方の丁稚を連れていってくだされ」

と道叱は宗伝に言った。

翌日、宗伝は料理と酒を入れた提簞笥《さげたんす》を担いだ丁稚を連れ、天王寺の境内で宗湛を待った。

宗伝たちが境内に着いて半刻ほどで、頭巾を被った宗湛がやって来た。二人は境内の茶店に入り、提箪笥を開いて昼食をとった。

「道叱老にここまで心遣いをしていただくとはかたじけない」

と宗湛は礼を言いながら、料理に舌鼓を打った。

「関白殿とのご対面の日は決まりましたか」

と宗伝は訊いた。

「いや、まだはっきりとは……。宗及殿は、対面までの間、堺でゆっくりと骨を休めておけと申されました。京では宗及殿に連れられて、高雄、嵐山、鞍馬寺などに案内していただきました。まるで物見遊山にでも来ているみたいです。宗室殿は焼け野原になった博多の町の復興にやっきになっておられるというのに、申し訳ない気がいたしまする」

「それもあなたの仕事の一つでござりましょう。そうそう、先日宗室殿から荷物が着きまして、その中に虎の皮と豹の皮、照布《てりふ》、北絹《ほっけん》などがありました。それに近頃では手に入れるのが難しくなった沈香《じんこう》もあります。道叱殿と相談し、今度の関白殿の対面の際の手土産にしていただこうと思っております」

照布・北絹は茶事に使われる布として、茶人の間で珍重されていた朝鮮の絹織物である。

「それは、かたじけない。対面の折りそれを持参し、関白殿に海外交易がどのくらい必要か私なりに説いてみましょう」

宗伝と道叱は、秀吉の九州征討を急がせると同時に、唐御陣をどうしてもやめさせたいと思っている。そのために堺商人と博多商人の協力、それに豊後商人、長門商人などの幅広い連携を模索していた。博多から戻って来て宗伝のやった仕事は、堺に在住する長門商人、豊後商人らの間に、唐御陣が商人たちのためにも、この国のためにも何の利益をもたらすものではないということを浸透させ、秀吉の無謀な企てを挫折させることであった。

宗伝は、

「それから神屋家に縁故のある山口衆を集めておりまする。方々はあなたに会えるのを楽しみにしておられます」

と言った。

神屋家は代々遣明船貿易に従事し大内氏と結び付いていたので、山口の商人とは縁が深かった。山口で生産される大内塗りという漆器は筑前の左文字刀、芦屋の茶釜と同様に、日本から遣明船に積んで明に渡る交易品の一つであった。

「それは楽しみでござりますな……」

「中には、あなたの父上の紹策殿と明に渡ったことがあると申しておられる人もいます」

「では大内義隆公の派遣された遣明船、あなたの父上・杉興運殿が博多所司代の頃の……」

「そうです。ずっと昔の話になります」

宗伝は、大内家にまつわる自分や宗湛が、堺の町にこのように集まるのも何かの縁だという感慨で胸がいっぱいになった。

宗湛が堺に着いた翌日、宗伝は大安寺の茶室を借り、道叱や堺の納屋衆、大安寺の僧・虎《こ》蔵主《ぞうしゅ》などを招き、宗湛を迎えた茶会を開いた。翌日は道叱が宗伝、宗湛と天王寺屋につらなる一門の茶人を集めての茶会である。

道叱は宗室に堺の茶の作法を教えたほどの茶人である。秀吉に会うには堺の茶の道のことを充分わきまえておく必要があると言って、毎日のように宗湛を呼び寄せ茶の指導をするようになった。宗伝は自宅に宗湛と山口衆を招き茶会を開いた。集まった山口衆には長門屋立《りっ》佐《さ》、草部屋《くさべや》宗道《そうどう》、僧忙閑《ぼうかん》など色々な過去を持つ者たちがいた。ある者は大内塗りの漆器の取扱商人、ある者は長門の船乗り、大内家の侍であった者もいた。彼らの回顧話は華やかな大内時代の山口文化の話になる。雪舟が明から帰って、大内氏の庇護を受けてたくさんの名画を残し山口で死んだことなど、良き時代の話で弾んだ。

宗湛は彼らの話にじっと耳を傾けるだけである。時には神屋家の先祖の話が出ることもある。そんな時、宗湛は目をきらきらさせて、その話に聞き入る。宗伝は宗湛が彼らの話を聞いて、博多の町を昔の華やかな国際都市にするため自分たちと一緒に働くようになってもらいたいと願う。船を動かし、糧秣を調達する堺商人、博多商人、豊後商人、長門商人が連携すれば、秀吉がたとえ朝鮮に攻め込もうとしても、防げるのではないか。ささやかな抵抗であるかも知れないが、これだけが唯一の望みではなかろうかと思った。

天正十四年（一五八六）の暮れである。大賀宗九が突然、堺に現れた。宗九は島津軍の豊後侵入、仙石・長宗我部軍の大敗北、府内城が島津軍に攻め落とされたことを伝えに来たのである。

宗九は豊後の状況を宗伝の茶室でこのように述べた。

その年の十一月、島津義弘・家久が大将になって豊後に攻め込んだ。肥後の阿蘇郡からは、義弘が新納武蔵守ら肝属・高城・薩摩・大隅兵の二万五千、日向口からは、家久が山田有信、伊集院久治ら日向兵一万を率いて攻め込んだ。肥後口は豊後直入郡の朽網郷の領主・朽網宗歴、竹田城主・志賀道益、鎧ケ岳城主・戸次鎮連《しげつら》、一万田城主・一万田宗相などが手引した。宗歴の朽網城は肥後阿蘇郡と隣り合わせである。一万田宗相の一万田城は大野郡にあり、大野川を下れば豊後の府内は間近である。島津は朽網城、一万田城を戦わず手に入れ、志賀道益の竹田城を落とした。道益も島津に通じていたので、さしたる戦闘もなく落とされた。日向口の朝日城を守る柴田紹安は城を明け渡し降伏した。大友軍は彼らの内通によって虚を突かれた。

当時、大友義統は豊前で毛利・黒田軍とともに豊前の高橋・長野勢の国侍たちと交戦中であった。島津軍は戸次川下流の府内城の南方六里にある利光《としみつ》城（鶴賀城）を取り囲んだ。城主の利光鑑教《あきのり》（宗魚）は島津の誘いに応じず、あくまでも抗戦を続けた。利光城は臼杵城と府内城との中間にある城で、これが落ちれば臼杵にいる宗麟と義統との連絡が断たれる。義統は府内城に戻り、仙石秀久、長宗我部元親、十河存保とともに利光城の救援に向かった。戸次川の手前で義統、仙石、十河、長宗我部の四人は軍議を開いた。秀吉の命令は軽率に島津と戦うことを禁じ、羽柴秀長の到着を待てということであった。

長宗我部、十河の二人は「軽挙は秀吉公の禁ずるところ、軍監の黒田官兵衛殿に使いを送り、毛利の援軍を要請しよう」と仙石に進言した。

仙石は功名心にはやる男であった。

「豊後の軍監は秀吉公から拙者が授かっておる。利光城を見捨てるつもりか。これを見捨てるのは武士としての義に反する。お二人が賛成しなければ、拙者一人で川を渡り、島津軍を蹴散らして御覧に入れる」

と仙石は豪語した。

そこまで言われて、二人は引き下がれなかった。四軍は戸次川を全軍で渡った。島津軍はこれを待ち受けていた。川の前面にわずかな兵しか置かず、主力部隊を後方の叢や樹木の陰に隠していた。仙石の率いる部隊が川を渡ると、島津兵は鉄砲を撃ち掛け反撃した。仙石の騎馬武者がどっと攻め掛かると、さしたる抵抗もせずに逃げていく。

「敵は怯んだ！　小勢だ。一気に攻め破れ」

と仙石は馬上で怒鳴った。

全軍が進撃を開始した。その隊列が延びて縦隊になった時である。側面の叢から林から島津軍の鉄砲の一斉射撃が天を轟かした。そして夥しい旗印が翻り、島津の徒士武者たちが現れた。島津の得意な野伏せりの策であった。島津はこの戦法を使って、島原で龍造寺隆信を破っている。大友義統が気付いた時は遅かった。全軍が島津軍に取り囲まれた。

長宗我部は殿軍を引き受ける決心をした。

「義統殿、引き揚げなされ。ここは長宗我部の手の者で防ぐ！」

長宗我部元親はさすがに四国統一を試みた剛勇である。嫡男信親、十河存保とともに手勢を集め踏みとどまった。

元親は「土佐兵はここで島津に後れをとれば、九州の侍たちに嗤われる。天下に恥をさらすな！」と傘下の武将を叱咤し、伊集院隊を突き崩し、退路を開く。軍監の仙石秀久は戦いが不利になったと気付くと、仙石の手勢だけで川を渡り島津を蹴散らすと豪語したことを忘れ真っ先に逃げ出した。

島津は第二陣に新納隊、第三陣に本庄隊を送り込んだ。元親の嫡男信親は六尺を超える大力無双の剛勇である。四尺三寸の大刀を振り回し、自ら十四人の敵兵を切り伏せた。しかし、島津兵の放った鉄砲の弾が信親の兜を貫き討死した。信親は二十二歳の知勇兼備の良将で、家臣の信望を集めていたと伝わる。十河存保も混戦の中で討死した。大友・仙石・長宗我部軍は総崩れとなり、府内城を目指して撤退した。

立花道雪が豊後を離れ、豊後の戸次領の家督を継いでいた戸次統常《むねつね》は、大野川と大分川に挟まれた丘陵地にある南北朝時代の古城（松岡城ともいう）に立て籠もり、島津の府内侵入をとどめようとした。父親の戸次鎮連（道雪の甥、猶子）は統常の諫言を聞き入れず島津に内通した。統常は戸次家の恥辱を晴らすため、郎党百数十名を率いて戦い壮烈な討死をした。近隣の百姓たちはこの古城に集まって戦火を避けていた。島津軍は豊後を引き揚げる際に、豊後全土で捕えた数万の百姓たちを戦利品として数珠つなぎにして連れ帰る。このため秀吉は、後年、上方から多数の農民を移住させることになる。

敗軍は府内城に逃げ込んだ。大友家の加判衆さえ裏切った。城内に内通者がいる状態であった。島津軍が迫ってくると、城の各所に火の手が上がった。この火の手は島津の内通者によるものばかりではなかった。仙石秀久を見限った仙石の武将たちが、府内城を略奪して回り、火を放ったのである。彼らは府内から略奪した荷物を船に積み、勝手に府内沖に停泊させていた船に乗って本拠の淡路島に引き揚げたのである。

大友義統は府内を捨て、吉弘統幸《むねゆき》、宗像鎮継《しげつぐ》など若手武将の四千五百名を引き連れて高崎山に立て籠もった。仙石秀久は従者十数名だけになって、日出に出て山越えで宇佐郡の妙見《みょうけん》城に辿り着き、そこで船を見つけ洲本に逃げ戻った。このことで仙石は三国一の臆病者といわれ、秀吉から領地を召し上げられることになる。長宗我部元親は軍船を連ねて四国に戻った。

これが大賀宗九が宗伝に語った豊後崩壊の話であった。

「我々の懼れていたことが起こりました。府内が火燼《かじん》で消滅したのでござりますか。お館様は？」

宗伝が訊いた。

「お館様は臼杵城に立て籠もっておられます。南蛮渡来の国崩しの大砲で防戦し最後まで戦う、と言っておられます」

「それでご家中はすべて島津になびいた……」

「いや、竹田の岡城を守る志賀親次《ちかつぐ》殿が二千の兵で籠城しておられます。それにしてもこの度の島津軍の乱暴狼藉は目に余るものということです。何でも今度の豊後攻めの目的は、秀吉公との戦いに備えての人取りにあるようでござります。城を落とすと、そこに逃げ込んでいた百姓たちを捕え、数珠つなぎにして薩摩に送っています。雑兵たちは米、農具から家財道具一切を運び去り、薩摩軍の進んだ後は草一本生えていないという噂でござります」

「大賀殿は豊後に入られた?」

「豊後に入ることは出来ません。臼杵、府内から船でたくさんの百姓たちが豊前や長門に逃げてきております。私は彼らから詳しく話を聞きました。豊後は火燼の吹きすさぶ地獄でござります。府内から逃げてきた者たちが言うには、島津兵ばかりでなく、仙石の敗残兵の乱暴狼藉はものすごかったということでござりました。彼らは元々瀬戸内の海賊でしたので、一旦豊後を逃げるとなると、商人たちの家に押し入り、女たちを犯し、金目の物を洗いざらい略奪しました。教会に押し入り、財宝を奪いました。府内の住民は仙石軍を味方とばかり思っていましたから、逃げることも出来なかったのでござります。その後島津が入り、宗麟公が外国の宗教を信じたばかりにこのような惨事を招いたと、教会、セミナリオを焼き払いました。府内一帯が焼け野原になったということです。これで秀吉公の思惑通りに事が運んだということでしょうか……」

宗伝は宗九の言葉に返事が出来なかった。数日して宗九は黒田孝高の所に戻ると言って堺を去った。臼杵、府内の店を失った宗九は黒田の御用商人として働くようになっていた。

十二月二十七日、島津の先鋒が臼杵城周辺に現れた。宗麟は自ら指揮し国崩しの大砲を撃って島津の攻撃を防いだ。二門の南蛮砲は島津軍の人馬を吹き飛ばした。南蛮砲の轟音は島津軍の戦意をくじいた。島津軍は三日間攻めたが、南蛮砲の攻撃で死傷者が続くと見ると、攻撃をやめ転戦した。臼杵の町のキリスト教の聖堂や高い十字架は曳き倒され焼き払われた。

残虐行為の嵐の吹きすさぶ豊後の混乱の中で、宗麟の愛の思想、キリスト教の信仰を守り抜いた若い武将がいた。二千の兵で島津の降伏の勧告を退け、岡城を守り抜いた志賀親次であった。親次は宗麟の娘が生んだ子である。父親は志賀道益である。

翌年、羽柴秀長の軍が豊前に上陸し、島津軍は豊後から撤退し始めた。天草久種《ひさたね》、大矢野種基《たねもと》ら天草五人衆といわれる武将たちは島津の殿軍に残された。彼らは大野郡の一万田城に天草勢千五百の兵で孤立した。隣りの朽網城にいた島津義弘は島津兵を引き連れ、阿蘇口から肥後を経由し薩摩に引き揚げ、島津家久は府内から船で日向に去った。

城の周囲は大友軍で取り囲まれ、蟻の這い出る隙間もない。天草五人衆が、生きて天草には帰れないと死の恐怖に包まれている時であった。大手門前に一人の若い大友軍の武将が進み出てきた。

「拙者はドン・パウロ志賀親次という大友家の家臣である。ドン・ジョアン久種殿に申し上げたい。貴殿の話はアルメイダ神父からお聞きし存じ上げている。島津には恨みがあっても天草衆には恨みはない。同じキリシタンのよしみ、デウスへのご奉仕のためにも、拙者がお助けいたす。一門の家来衆を連れて城を降り立ち去られよ」

と志賀親次は告げた。

天草衆は志賀親次の神への奉仕という信仰によって救われた。豊後から天草の大矢野島に戻った島の領主・大矢野種基は、イエズス会の宣教師ペトロ・ゴメス師を島に招き洗礼を受けキリシタンとなった。天草島全土に信仰が拡がったのはこのことのためといわれている。


天正十五年正月二日、宗伝、宗湛が道叱の新年の茶会に招かれ、茶会の最中であった。そこに津田宗及から手紙が届いた。翌三日に秀吉が宗湛に会うという報せだった。

朝の茶会の席で謁見が行われるということである。宗伝は番頭の佐吉に秀吉の贈り物にする虎の皮二枚と大豹の皮一枚、照布二反、沈香一斤を背負わせて宗湛に付けてやった。宗湛は堺を発ち、二日の夕刻大坂城内の宗及の屋敷に行き、宗及に伴われて宗湛の世話役に任じられている石田三成の屋敷を訪問した。

石田三成は宗湛をねんごろにもてなし、翌日行われる秀吉との対面の注意事項を語って聞かせた。

翌三日の寅の刻（午前四時）、宗及に伴われ、大名たちに混じって登城する。登城の途中、城門の外で利休に会い、宗及から紹介された。城中に入り、暫く控えの間で待たされた。三成がやって来て宗湛を呼び出し、秀吉との対面に連れ出した。広間には大名、五人の堺衆などが並んでいた。広間の奥の座敷には床の間に遠寺晩鐘《えんじばんしょう》の絵、茶道具が飾ってある。宗及の案内で宗湛は茶道具を一通り見て回った。

突然秀吉が部屋に入って来て、

「筑紫の坊主はどれぞ」

と訊いた。

宗及が、

「これにて候」

と答えると秀吉は、

「残りの者どもは退《の》けて、坊主一人に見せよ」

と命じた。

奥座敷にいた堺衆、大名たちは広間に下がった。宗湛は一人で茶道具を見て回った。

「おい、筑紫の坊主にあれを見せい」

秀吉の傍らに控えていた小姓が持参してきた箱を開け、中から肩衝の茶壺を取り出した。見事な茶壺である。

「新田肩衝でござりましょう」

と宗湛は言い、手に持ち上げて、

「見事な物でござります」

と顔色も変えずに言った。

秀吉はこれを見せたいばかりに、宗湛を一人にした。新田肩衝は宗麟からの献上品である。これは宗麟の九州探題の地位が秀吉のものであるという言外の意志を示すものであろうと気付いた。

食膳が用意され、宗湛は石田三成の給仕で飯を食った。続いて茶がふるまわれることになり、秀吉は利休の点前で宗湛に茶を飲ませた。食事の給仕は三成、茶の点前は利休。宗湛は秀吉から特別待遇を受けたのである。茶会の後、九州征討の陣立てが発表された。

宗湛は二日間大坂に滞在し、三成、利休の屋敷を訪れ、秀吉との接見が無事に済んだ礼を述べた。その後、宗及とともに羽柴秀次の茶会に出席し堺に戻ってきた。

堺に戻ると、さっそく宗伝と宗湛は道叱の家に集まった。

「秀吉公とのご対面は如何でございました」

と道叱が訊いた。

「たいそうな身に余る接待でございました。食事の際は三成殿の給仕、茶の点前は利休殿でございました」

「それはそれは……。秀吉公は博多商人の働きに期待してござりますな」

「それから新田肩衝を見せられましてなあ」

宗湛は言った。

「宗麟公が贈られた……」

「やはり、秀吉公は宗麟公に対抗意識がありますのでしょうか」

と宗伝が訊いた。

「いくら秀吉公が出自を繕ってみても、宗麟公にはかなわぬ。だから誰にも出来なかった唐御陣みたいな冒険をやり、世間を驚かそうとなさる。それが危険じゃ」

道叱が呟いた。

「九州征討の陣立てが決まりました。当月中に宇喜多秀家殿が一万五千の兵を率いて出発なさいます。二月には羽柴秀長殿の御出陣という話でござります」

「いよいよ出発ですか。もう少し早ければ豊後も島津に荒らされずに済みましたでしょうに……」

と宗伝は呟いた。

「ところで唐御陣の話はありませんでしたか」

と道叱が訊いた。

「三成殿にそれとなく聞きましたが、若いに似合わず、一言もその話はありません。利休殿から秀長公がそのことを大変心配しておられるから会ってみよと言われ、近々、大和郡山の秀長公の許を訪問することになりました」

一月十二日、宗湛は秀長に招かれ大和郡山城を訪れた。その後、利休の茶会に出席した。道叱、宗伝と一緒に、堺で山口衆・天王寺一門との茶会を開き、親睦を重ねた。

いよいよ秀吉は三月一日に出発することになり、宗湛は二月二十五日、大坂城の山里丸《やまさとまる》で開かれる茶会に招待され大坂に行った。

秀吉の出陣の後の三月十八日、道叱、宗伝は宗湛の送別の茶会を開いた。宗及の息子の宗凡が宗及の代わりに出席した。

「どうです、秀吉公の唐御陣は止めることが出来ましょうか」

道叱が訊いた。

「止めることが出来るかどうか分かりませんが、秀長公には二度お会いしました。秀長公は反対しておられます。言葉の通じない他国に攻め込むのはわざわざ苦労を抱え込むようなものだと仰せられておりました。三成殿には交易の利を説いて、戦わずとも明との交易は出来る、明国は広大な土地で、数十万の大軍を率いて攻め込んでも征服は難しい、それよりも博多町を国際交易の町に復興させることが利益になる、と意見を述べました。それには博多に堺商人も進出してもらい復興を手助けしてもらいたいと申しますと、三成殿は、それは良い考えだ、さっそく関白殿下にその意見を伝えておこう、と申されました。利休殿も唐御陣には反対でござります。上方でお会いした方々の多くが、唐御陣は突拍子もないことだと不賛成のご様子でした」

と宗湛は答えた。

「是非そうあってもらいたいものです」

と道叱は言った。

秀吉の気質を考えると、宗伝は宗湛の話をそのまま信じるわけにはいかなかった。

宗湛は三月二十日の今井宗久の茶会を最後に九州に戻ることになった。宗伝は奈良を見て回りたいという宗湛を奈良に案内し、その足で、兵庫の港まで付いて行き見送った。

天正十五年二月二十七日、羽柴中納言秀長が豊前から豊後に入った。豊後に同行を願い出た毛利輝元、小早川隆景、吉川元春の申し出を断わり、毛利三家には豊前平定が大事と言って残し、由布《ゆふ》岳の麓に布陣して、島津の玖珠《くす》郡侵入を牽制した。玖珠郡は日田から筑後・秋月に抜ける道に通じており、秋月と島津との連絡を断つためであった。

三月十二日、秀長の豊後到着を知った島津家久は豊後から引き揚げ始めた。島津は略奪した府内城の武器・弾薬、大友家の重宝、キリスト教会の調度・備品は言うに及ばず、百姓たちの食糧、わずかばかりの家財道具まで奪い去った。島津の乱暴は物を奪うばかりではなかった。数万の農民の男、婦女子、子供たちが数珠つなぎになって連れ去られた。

三月二十五日、秀吉は下関に着き、三月二十八日、黒田孝高に迎えられて、豊前小倉城に入った。北九州の武将の立花統虎、龍造寺政家、鍋島直茂、長野種信、高橋元種、龍徳城主の杉連並、山鹿《やまが》の麻生家氏などが小倉城に姿を現した。

軍監の黒田孝高が「もし秀吉公の軍に与党しようとするなら、三月二十八日までに小倉城に出頭し臣礼をとれ。そうすれば既往のことは咎めない。島津征伐に従軍する者は恩賞に預かる。もし出席しなければ敵とみなす」と回状を回していたからであった。

二十九日、秀吉は長野種信の馬ケ岳城に入った。筑前・豊前の領主で、二十八日まで小倉城に出頭しなかったのは、秋月種実の嫡男・種長に娘を嫁がせている彦山権現の座主・舜《しゅん》有《ゆう》と城井谷の宇都宮鎮房であった。鎮房は、豊前の名族の宇都宮が成り上がり者の秀吉などには臣従できないとして小倉に出頭しなかった。しかし長野種信のたっての勧めで翌二十九日、嫡男の朝房《ともふさ》を馬ケ岳城に出頭させた。

馬ケ岳城に入った秀吉は、九州征討の軍議を行った。羽柴秀長が十万の兵を率いて、日向路を通って島津を攻める。秋月攻めは羽柴秀勝が総大将となり、岩石《がんじやく》城を攻めることに決まった。

四月一日、秀勝は蒲生氏郷《がもううじさと》に大手口からの攻撃、前田利長に搦手からの攻撃を命じた。

岩石山は黒雲母の混じった花崗岩の黄褐色の巨岩が山中に露出し、八畳岩、大砲岩、梵字岩、国見岩が天然の砦となって、山頂の天守閣・本丸を守る難攻不落といわれた城である。秋月種実は、秋月の家中で剛勇とうたわれる熊井越中守、大橋豊後守、芥田悪六兵衛《あくたあくろべえ》の三人の将に三千の兵を与えて防備に当たらせた。蒲生軍二千、前田軍三千が大鉄砲・炮烙・火矢を使って攻め立てた。秀吉、秀勝は岩石城の見える柚須原《ゆすばる》山に陣を設け、二人の戦いぶりを督戦している。蒲生と前田は互いに後れをとるものかとばかりに自ら先頭に立ち兵を叱咤激励する。三の丸、二の丸は攻撃軍の火器で炎上し秋月兵は本丸に追い上げられた。明け方の七つ（午前四時）から始まった攻撃は申の刻（午後四時）に終わり、討死した熊井、大橋、芥田の三将と秋月方の四百余名の首級が秀吉の許に運ばれた。

秋月種実は岩石城から西三里の所にある大隈宿の益富《ますとみ》城に本陣を敷き、二万の兵を持して投入機会を待っていた。一カ月は秀吉軍を防げるはずの堅城が半日で落城した。種実は岩石城の落城を狼煙で半刻後に知り、驚愕し、戦意を喪失した。

益富城は大隈宿の南端の丘陵の尾根にある。西側は三十丈ほどの断崖であるが、山裾の大手口から四町ほどのつづら折れの坂道を登ると、もう尾根の上の城に達する。天嶮を誇った岩石城が半日で攻め落とされては、二万の兵をもってしても、この城も一日と持ちこたえられまい。ましてこの城には二万の兵が立て籠もる広さはない。種実は益富城に火をつけて退去した。四月一日の深夜であった。四月二日、秀吉軍は隊列を整え、北から嘉麻川沿いの道、西から猪膝《いのひざ》の山越えの道を進んで大隈宿に入ってきた。その軍勢は二十万を越えた。秀吉は益富城が焼け落ちているので城には入らず、城の登り口にある麟翁寺《りんのうじ》の本堂を本陣にした。

秀吉は、片桐且元《かつもと》と加藤清正を呼んで、焼け落ちた益富城を一夜で建てるよう命じた。二人は大隈宿の名主、近隣の村の村役人に黄金百枚を渡し、材木、板戸、襖、障子を集めさせた。宿場では糊が炊かれ、襖紙、障子紙に言うに及ばず、奉書紙、手習い、帳面の紙まで引っ張り出し、障子・板戸に張り付け、動員された百姓たちが背中に負い、次々と益富城の焼け跡に担ぎ上げた。一晩中篝火を焚いて工事を進め、翌朝には戸板・襖で組み立てられた城が出来上がった。遠くから眺めると白壁と櫓の聳える立派な城に見えた。

四月三日の朝であった。古処山の山頂に秋月種実と家臣たちが登ってきた。馬見山城主・日熊大膳《ひのくまたいぜん》、弥永《やなが》城主・妙法寺親武《みようほうじちかたけ》、長尾城主・木村甲斐守の諸将も一緒に登ってきた。山頂で寝ずの番を勤めた物見が「この一帯は夕べ一晩中、篝火が焚かれ、松明の行列が大隈宿に集まっておりました。まるで嘉麻・穂波一帯が火の海に見えました」と種実主従に報告した。

家臣の一人が悲鳴を上げた。

「益富城が建っております！」

山頂の全員が益富城の方角を見た。白亜の益富城が確かに見える。そこには一昨日焼き払った城よりもはるかに大きい城の姿があった。

「益富城は焼き払ったはずだが……。どうして一晩で……」

彼らの顔は恐怖で引きつった。

「滝だ！　滝だ！　城の庭から滝が流れ落ちている」

「馬鹿な、そんなはずはない。尾根の上にどうして水を運べるか……」

みんなが城に目を凝らした。城の庭から滝が確かに流れ落ちている。間違いなく三十丈の崖の上から、滝がとうとうと流れ落ちていた。

秋月種実は放心状態であった。

「鬼神の仕業じゃ、鬼神の仕業じゃ」

もう古処山城での籠城どころの騒ぎではなくなった。彼らが見た滝は、秀吉が兵糧米を崖の上から次々と流し落とさせたものであった。

種実は黄金百枚、米二千石、島井宗室から手に入れた楢柴を献上し秀吉に降伏した。四月五日、秀吉は八丁峠を越えて秋月荒平城に入った。

羽柴秀長は島津の撤退の後を追って日向に入り、四月十八日、島津軍と日向高城《ひゅうがたか》で戦い、島津軍を破る。秀吉は四月二十七日出水《いずみ》に到着し、足利義昭に命じて一色昭秀と木食応其《もくじきおうご》を鹿児島の島津義久の許に遣わした。義久は麾下の武将を集めて軍議を開き、伊集院忠棟の勧めに従って秀吉に降伏した。五月八日、義久は剃髪し、黒染めの衣をまとって川内の秀吉の陣に出頭した。

島津が豊後を引き揚げた後、宗麟は臼杵城を出て津久見の隠居所に戻り、五月二十三日に没した。五十八歳の波乱の生涯であった。

火燼

宗伝は五月の上旬、堺を離れて博多に向かった。出発に当たり、番頭の佐吉に堺の店を整理し、京に店を構えるよう命じた。道叱からも、宗伝の堺での任務は終わった、今後は京か大坂に店を構えた方がよい、と勧められていた。秀吉の政権が安定することになると、京・大坂が政治・経済の中心になる。時代は刻々と変化する。商売の上でも、情報を集めるにも堺よりよい。そう考えて、宗伝は京にとりあえず店を持とうと決心した。於綾から、宗伝が博多に残した手代の和吉と一緒になりたいとの手紙が来ていた。佐弥太も十七歳になり、将来のことを考えてやらねばならぬ。宗湛に相談すると、本人が商人になりたいのであれば、自分の店で修行させたらどうかと勧められた。於綾と和吉を一緒にさせて、博多の店を任せ、従兄の法玄に後見させる。そして宗伝は佐弥太を宗湛に預ける決心をした。

博多に向かう数日前、そのことをお艶に打ち明けた。自分は暫く博多と上方を往復する、商売のことは佐吉に任せて、そなたは従来通り店の留守番をしてもらうだけでよい、そして生まれた息子が大きくなれば店をその子に継がせるつもりだ、と言った。

お艶は数年宗伝と暮らして、宗伝が唯の商人ではないと気付いていたようである。

「お前様のお仕事は博多と縁の深いことと存じておりました。筑紫に騒動が拡がり、お前様が筑紫と上方を往来なさらなければならなくなったことは、よく分かりました。私の父は三好様にお仕えしていた国侍でございました。母はさる公家の公家侍の娘でございました。両親は、父親が三好様の御家来として京におります時に一緒になったのでございます。母の縁者がまだ京に残っておりましょう。京に参れば縁者とも会うことが出来るようになりましょう。この私にとって京に住めるということは夢のような話でございます」

「縁者というと……」

「母方の伯母が二人おるはずでございます。確か一人の伯母は九条家に勤めておりました」

「そなたはこの辺りの国侍の娘と思っていたが……」

「松永様、三好様の戦いの時、父は討死にし、母は病で臥し、あの店の主人に私を預けたのでございました」

縁者が京におるのであればお艶も心強いだろう。伯母が九条家に勤めているとすると、賢所の情報も耳に出来るかも知れない。

「私の仕事は道叱殿、宗室殿、宗湛殿と島津に焼かれた博多の町を復興させ、南蛮貿易、朝鮮貿易で国を富ませることだ。決して世を騒がすことではない。それが宗麟公の長年求められた夢だったのだ」

「よく分かっております。京ではお前様のお働きがうまく運ぶように、役に立つ情報を手に入れることが出来ると思います」

とお艶は言った。

その言葉で、宗伝はお艶に対して初めて自分の女房という感情が湧いた。今まで一回り以上年の違いがあることで、互いに遠慮を感じていた。今までの宗伝には、死んだ於徳が女房であった。その於徳のことが忘れられ、一気にお艶との距離が近付いた気がした。お艶はその宗伝の心の動きを察したかのように、赤子と寝ている隣の床を離れ、宗伝の床に滑り込んだ。これも宗伝にとって初めてのことであった。それまでのお艶は、宗伝が声を掛けない限り、添い寝をすることがなかった。宗伝はゆっくりとお艶の寝巻きの紐を解き、掌でお艶の胸をまさぐった。宗伝の掌はにじみ出るお艶の乳で濡れた。

お艶は陶酔したかのように首を左右にゆっくりと振り、宗伝を抱きしめ、

「お艶はお前様の女房でござります……。今日からは宗伝様の女房でござります」

と声をふるわせて泣いた。

五月の下旬に博多に着いた宗伝は、自分の店で旅装を解くと宗室の店を訪れた。宗室の店も宗伝の店と同様に仮普請の状況であった。秀吉が鹿児島から戻ってきて町割りを定めるということで、まだ本格的な普請に掛かれなかった。

「宗伝さん、丁度よい時にお見えになった。大賀宗九殿、対馬から玄蘇和尚と梅若さんが来て聖福寺に滞在しておられる。さっそく行って旧交を暖めよう」

と宗室が言った。

聖福寺の焼け残った庫裏に、玄蘇和尚、梅若と宗九がいた。最後に宗伝が玄蘇和尚、梅若に会ったのは十年ほど前のことであった。玄蘇和尚は対馬の宗義調《よししげ》に招かれ、寺の創建のため対馬に渡った。その後、天正九年（一五八一）、龍造寺隆信の博多侵入事件が起こり、玄蘇和尚は筑前に戻らず、対馬にそのまま滞在していたのである。

「玄蘇和尚、お元気でなによりでございました」

と宗伝は挨拶した。

「玄蘇和尚は今度、宗義調殿、義智殿に同行して参られたのでござる」

と宗室が説明した。

「宗伝さん、宗義調殿は家老の柳川調信《しげのぶ》殿を九州統一の祝賀のため、川内の関白殿の許に派遣なされました。柳川殿は出仕が遅いと叱責されました。そして、関白殿下は近々海を渡って朝鮮に攻め入る、よって宗家は朝鮮国王に使いを送り、朝鮮が関白殿下の唐御陣の道案内をする交渉をせよ、と命じられたのでござりまする。宗義調殿に、返事を持って博多まで出て来いという話になりました」

と梅若が補則した。

「それで、義調殿のお考えは……」

「朝鮮と我が国は二百年にわたり、隣国として交際しており、理由なく攻めるという無謀なことは出来ぬというのが義調殿のお考えでござりまする。対馬は毎年千石の米を朝鮮国王から賜っており、特別な関係にあります。ですから、宗室殿の知恵を借りたいと思い、我らもともに参った次第です」

と梅若が答えた。

半ば予期したことであったが、宗伝は秀吉がこれほど早く朝鮮出兵を決断するとは思わなかった。対馬は山島の地で、米はわずかしかとれない。朝鮮から米を貰ってやっと住民は飢えずに生活している状況である。宗室は長年、貧しい対馬のため対馬の財政顧問の職に携わっていた。宗室の朝鮮交易には宗家の協力が必要だからである。宗室は腕組みして考え込んでいる。

「お館様は津久見の館で先日お亡くなりになりました。せめて島津が降伏したという報せを受けて亡くなられただけでもよかった」

と宗九が言った。

「宗麟公がお亡くなりになった……」

宗伝は呟いた。貿易立国の夢を語った宗麟の若い頃の顔を思い出し涙が溢れてきた。

「朝鮮出兵は是非とも関白殿に思いとどまっていただかねばならぬ。我が国の民も難儀なら、朝鮮の民にも難儀だ。拙僧は仏法に反する無意義な戦と思う」

それまで口を閉ざしていた玄蘇が言った。

「まだ北条攻めも残っております。秀吉殿の実弟の羽柴秀長殿は朝鮮出兵に反対しておられるとのこと。堺衆の中でも天王寺屋一家はこぞって反対しておられる。堺・博多の商人が結束して反対しましょう」

と宗伝が言った。

「シメオン殿も反対じゃ」

と宗九が言った。

「私は今度、京に店を構えるようにしました。今後は堺よりも京の方が情報が入ると思ったからです。博多の店は和吉に任せ、私は京と博多を往復するつもりです」

「和吉殿を於綾殿の婿殿になさるのか……」

と宗室が訊いた。

「於綾が和吉と一緒になりたいと申しましたから……。これで肩の荷が下りました」

「和吉殿は立花統虎殿の評判の良いお方じゃ。博多の店はお二人できっとうまくいくことでござろう。ところで佐弥太殿は……」

と宗室が言った。

「商人になりたいと申します故、宗湛さんのところに預けるようにしました。佐弥太は、宗湛さんに習ってマカオ、ルソンに渡るような商人になるのが夢だと申しております」

「そうじゃ、久しぶりにこうして我々が集まった。茶会と漢詩会を開こうじゃありませんか」

と宗九が言った。

吉弘鎮信が所司代の頃、鎮信、玄蘇、宗室、宗伝、宗九、梅若たちは聖福寺に集まって漢詩の会を度々開いたことがあった。そこでは梅若が朝鮮から買い入れて来た茶器、掛け軸などが披露され、鎮信は梅若の鑑識眼の確かさをほめ、よく買い上げたものであった。

「鎮信様には大変お引き立てになりました。よくお手紙をいただき、何時博多に来るか報せよ、そなたが博多に来る時は必ず博多に自分も行って漢詩の会をやろう、とおっしゃっておられました。あのようなお方は侍ではもうおられないでしょう……」
と梅若はしんみりした口調で鎮信のことを偲んだ。

一行は寺の茶室に座を移した。床の間には青楓の絵が掛かり、炉の芦屋釜には湯がたぎっていた。宗室の点前で茶を飲んだ。宗伝には茶室の中は時間が停まっているように思える。みんな宗伝の長年の友、玄蘇は少年時代、宗伝が学問を習った師匠である。この人たちと一緒に秀吉のまき散らす火燼を食い止めようと決意した。宗伝は漢詩会で次の詩を詠んだ。岩屋城で憤死した高橋紹運を悼む詩である。

岩屋城外充薩軍　　岩屋城外、薩摩軍が充つ。
城兵死戦楼火燼　　城兵は死ぬまで戦い、城は火燼となる。
夕凄風牙旗飛落　　夕方火の勢いが凄風となり、大将旗の牙旗が飛ばされて落ちた。
惟聞山上松柏声　　その後は山上に兵士の死を悼む松柏の音が聞こえるだけである。

（了）

あとがき

私は、日本の歴史を振り返ってみて、豊臣秀吉の朝鮮出兵ほど理不尽な戦いはなかったと思う。島井宗室、天王寺屋道叱、博多屋宗伝などは、豊後の守護大名大友宗麟の貿易立国の信奉者たちであった。耳川の戦いで宗麟の軍事力が弱まると、彼らは宗麟に織田信長との同盟を結ばせようとする。しかし信長は明智光秀によって暗殺され、秀吉が信長の跡を継ぐ。彼らは、信長の後継者となった秀吉が、天下統一の後、朝鮮出兵を行って日本を大混乱に陥れると気付き、秀吉が九州征討を行わずに、大友家、島津家、徳川家、北陸の上杉家のような大大名の共立によって日本の戦乱が収まることを望んだ。おそらく足利政権のように地方の独自性を残した秀吉政権の誕生を願っていた。

その頃の日本は、各地で金・銀の鉱山が開発され、ゴールド・ラッシュであった。イスパニヤがメキシコで見つけた鉱山よりも産出量は多く、世界一の産出高だったそうである。秀吉はその金銀を独り占めにし、兵農分離で強大な軍事力を抱え、圧倒的な武力で九州征討を目論む。

江戸時代の儒学者、朝鮮外交の第一線で働いた雨森芳洲《あめのもりほうしゅう》は「豊臣太閤、無名の師を起こし、諸大名を数々潰し、朝鮮征伐これあり、前後数年の間、彼の国の先王の墳墓を掘崩し、人民の死亡二十年を経候ても元に復さざる程にこれあり候に付き、日本国を不戴天の敵と恨みたることに候」と書き記す。

もし秀吉がそのゴールド・ラッシュで手に入れた経済力を交易に使って国を豊かにし、農民を苦しめる政策を行わなかったとしたら、アジアに西欧の進出する前に、交易で栄えた国々が誕生し、アジアの歴史、日本の歴史も全く別のものになったかも知れないと考えるのは、私一人ではないであろう。

私がこの小説を書きたいと思ったのは、藤木久志氏の『雑兵たちの戦場』(朝日新聞社)を読み、豊後崩壊の折りの凄まじい農民の殺戮を知ったからであった。その時の豊後は、島津軍に荒らされるばかりでなく、秀吉の先鋒となって豊後の援軍に来た仙石秀久軍にも荒らされた。

博多の島井宗室、堺の天王寺屋道叱は、宗麟から御用商人として多大な恩恵を受けていた。恩恵を受けたというよりも、宗麟の貿易立国のパートナーであったに違いない。

宗室の書き残したものによると、彼は永禄十一年(一五六八)、持ち船の「永寿丸」に乗って朝鮮に渡り、釜山・漢城（ソウル）で商品を買い付けている。その時は現在の中国の延吉、当時冗食喰と呼ばれていた所まで出掛け、虎の皮、朝鮮人参などを買い付け、日本に戻るとさっそく積み荷を堺に運んで売りさばいている。

宗伝のことは津本陽氏の『夢のまた夢』（文藝春秋）にも登場しているが、宗湛を利休の屋敷に案内したとかぐらいで、きわめて断片的であり、重要な人物としては扱われていない。

宗麟が島津との戦いに敗れ、斜陽になると信長、信長の死後は秀吉と接近し同盟を結ぶ必要が生じた。そのために宗室と道叱は活動するようになる。宗室が上方の茶会に頻繁に顔を出し始めるのは、天正七年（一五七九）からである。宗伝の名前も、その頃から『天王寺屋会記』の中に現れる。宗室、道叱との同席の記事が多い。

宗伝は天正七年頃から堺に住むようになる。これは宗麟の意図を受けて、宗室と道叱が彼らのパイプ役として働かせるために宗伝を起用したのであろう。私は、宗伝が宗麟、堺商人と博多商人とをつなぐ、表に出ない黒子であったと考えている。

天正十四年春、宗麟は秀吉に島津との和睦を斡旋してもらうために上坂する。ところが秀吉は、この機会をとらえて九州を一気に武力で統一しようとする。宗伝たちは、秀吉の狙いは、すぐには大友への救援をやらず、島津と大友との戦いが継続し、へとへとに疲れ果てたところに乗り出して漁夫の利をつかみ、その後、朝鮮出兵を行うということにあると気付く（フロイス『日本史』より）。

彼らはそれを食い止めようとする。しかし、もう歯車は回ってしまっていて、どうにもならなくなっていた。歴史には往々にしてあることである。日本が始めた大東亜戦争も、反対意見がありながら止められなかった。

利休が秀吉から切腹を命じられたのは、利休が大徳寺の山門に自分の木像を上げたためではなく、秀吉の朝鮮出兵に反対したからではなかったか、と私は思っている。宗伝は利休とも親しかった。後で述べるように、宗伝は島井宗室宛に利休と連署で書簡を送っている。神屋宗湛が天正十四年に上洛した時、宗伝はほとんどつきっきりでその世話をした人物である。歴史の表には出なかったが、博多と堺を拠点として裏舞台で働いた宗伝という人物の苦悩と挫折を、この作品で書いてみたいと思った。それは、秀吉の朝鮮出兵という暴挙の下で苦しむ、その時代の知識人の姿である。

宗伝、道叱、利休、宗室、宗湛、宗麟のことは、泉澄一著『堺と博多――戦国の豪商』（創元社）の中に詳しく書かれている。宗室と宗麟については吉永正春著『九州戦国史』（葦書房）の中に書かれている。

この小説の背景として、登場人物の交流関係を両氏の本を参考にしながら紹介する。

宗伝は堺に住み利休に接近し、天正十年頃から彼の茶会「宗伝会」を開くようになる。その茶会には天王寺屋グループ（宗及、道叱、宗凡）と山口衆、博多衆が招かれている。宗伝の周防山口との関係がうかがわれる。

宗伝と利休が連署で島井宗室に送った天正十六年五月の手紙がある。

「一軸（墨絵）のことについて関白殿のご意向をお伝えします。この前の北野茄子茶入と金十枚で一軸と交換する条件でしたが、貴殿（宗室）は茄子を持っているので般若壺と金五十枚では、とのご意向です。般若壺は私（利休）が前に金三十枚で買ったものですから、もし（貴殿が）壺が不用なら私の方で金三十枚で売ってあげましょう。いま金一枚は銀五百目ですから銭二千貫になります。少々ご不満でも、関白様へのご奉公と思い、同心されるがよいでしょう。されば何分遠路のことですから、一軸の取り扱いについては充分ご注意ください」

この書状は宗伝が書き署名したもので、利休が全文について責任を負うものである。これは、秀吉との関係では利休が表に立ち、宗伝は秀吉の意向を利休を通じて聞き、宗室に伝える立場であったからであろう。宗伝と宗鱗との関係を秘密にする必要があったと推測される。

この書状で面白いのは、金と銀と銭の相場を宗室に書き送っていることである。九州では銀・銭による決済が主流で、上方の交換比率と異なっていたのであろう。そのため宗室に交換比率を知らせる必要があったからだろう。このことから宗伝は優れた経済通であったと推測出来る。

天正十四年十月二十八日、神屋宗湛は唐津を出発し、秀吉に会いに上洛する。秀吉が九州征討を始める際の九州における物資調達、兵員輸送の船の確保のためであったと思われる。京に着いた宗湛は森田浄因宅に旅装を解き、十一月二十三日、宗伝の案内で聚楽第の天王寺屋宗及の屋敷を訪れる。京で半月ほど過ごした宗湛は、その間、秀吉に謁見出来ず、謁見までの時間を堺で過ごすことになり、十二月三日、堺に向かう。途中、楠葉に一泊して天王寺まで出迎えに来た宗伝と会い、道叱の小姓の持参した提箪笥の弁当を食べ堺に入る。以後、宗伝は利休などの秀吉の要人と引き合わせたり、宗湛が秀吉に持参する引き出物を用意したりした。この時の宗湛の上洛は、島井宗室と宗伝の話し合いの結果なされたものである。

宗伝が宗湛の世話をこれほど見たのは、宗室の意を受けたもので、彼は宗室の堺における分身であったと見られる。宗湛が上方に滞在した四カ月間の『宗湛日記』に書き記された茶会の交友を見ると、宗伝とは三十七回の同席（うち宗伝の開いた茶会は七回）、秀吉の三茶頭の一人、津田宗及とは三十一回、天王寺屋道叱とは十回の同席である（前掲『堺と博多――戦国の豪商』より）。

宗湛と宗伝との密接な関係はこの時からのものではなく、二人は古くからの知り合いであったと思われる。
宗湛は、朝鮮出兵の折りは彼の支配下の船で名護屋と釜山との海運に携わったが、彼がこの戦争を望んでいたとは思えない。彼は澳門《マカオ》や寧波に店を持っていて、国際感覚に優れていたので、秀吉が明を征服出来るとは思っていなかっただろう。宗湛の母方の叔父に筑紫随一の学僧・景轍玄蘇がいる。玄蘇は博多の聖福寺の僧であった。秀吉の朝鮮出兵の頃は対馬の宗義調に招かれ、厳原《いづはら》の西山寺の住職になって対馬で暮らしていた。玄蘇は秀吉の出兵を「仏法にもとるものだ」と反対し、小西行長、宗義智などの相談相手となってなんとか秀吉の朝鮮出兵を食い止めようとする。どうしても秀吉がやめないと知ると、正使となって朝鮮に渡り朝鮮王に「仮道入明（朝鮮に道をかり、明国に入る）」を説くなど、朝鮮の被害を最小限度にとどめたいと思い交渉した人物である。

道叱と宗麟との関係は、宗麟が「道叱老の豊後到着を楽しみにしている」と手紙を送って道叱の豊後訪問を督促するほどの仲であった。道叱が豊後を訪れたのは、『天王寺屋会記』に残されているものだけでも、永禄年間から天正年間にかけて五回ある。宗麟は他の大名に先駆けて南蛮貿易を始めた。天文十五年（一五四六）、ジョルジュ・アルバレスという船長の乗ったポルトガル船が豊後の日出の港に漂着し、アルバレスは二年間豊後にとどまった。彼は宗麟と親しくなり、宗麟は彼から鉄砲をもらったり、南蛮、南蛮人についての知識を得ている。宗麟が十六歳の頃である。ポルトガル船が種子島に漂着したわずか二年後のことだった。

宗麟が南蛮交易を始めると、南蛮から買い入れる交易品は高額な贅沢品が多いので、その販路を最大の消費地である畿内に求める必要があった。宗室が朝鮮から買ってくる獣皮、高級絹織物、茶器などもそうである。宗麟の財源は博多から上がる輸出・輸入税（抽分銭）、博多商人に掛ける人頭税（段銭）であった。宗麟と宗室の利害は一致した。上方に販路を求めるために、宗麟は天王寺屋道叱を御用商人として起用し、輸入品を販売させた。

宗室は、宗麟の図書人の資格（朝鮮王から銅印をもらい正式な貿易を認められた人物）を使って朝鮮との交易に携わる宗麟の御用商人である。彼は「ねり貫」と称する酒の蔵元でもあった。「ねり貫」は長期の保存に堪え、芳醇な香りの酒であった。それまでの日本の酒は「濁り酒」だったので、「ねり貫」が知られると、贅沢を好む上方の公家や富裕な商人がたちまち愛飲するようになった。「ねり貫」は現在の清酒と見られる。宗室は朝鮮貿易の交易品と「ねり貫」の販路を上方に拡げることで、膨大な資産を作り上げた。宗室を天王寺屋に結び付けたのは宗麟であろう。

宗室、宗伝は博多聖福寺時代の僧玄蘇と交際があった。玄蘇和尚の『仙巣稿』という日記がある。聖福寺で開かれた漢詩会に玄蘇和尚、宗室、宗伝、対馬の梅若、宗麟の博多所司代であった吉弘鎮信などが集まったと記されている。彼の主宰する詩会に出席するのだから、宗室、宗伝は相当な知識人であったであろう。

天正十年一月二十八日、宗室は天王寺屋宗及に伴われて、坂本城で開かれた明智光秀の茶会に出席し、光秀に会う。その頃の光秀は信長の西国大名の交渉窓口であり、四国の長曽我部元親の取り込みに成功していた。宗室の光秀訪問は、道叱などが宗麟の意を汲んで、島津対策のため、信長との同盟を画策していたのだろう。本能寺の変のあった六月一日には、宗室は京にいて、翌日開かれる信長の茶会に出席することになっていた。そこでおそらく宗麟と信長との同盟の仕上げをやるつもりではなかったろうか。

宗室は秀吉から朝鮮出兵について尋ねられた時、面と向かって「朝鮮は韃靼に続き要害の地で、日本とは違って攻め難い所です」と諌言し、その後、秀吉から遠ざけられた人物である。宗室、宗伝、道叱は、秀吉の朝鮮出兵などやめてさせて、南蛮貿易・朝鮮貿易をやろうと考えていた男たちだったろう。

家康は、関ケ原で勝利した慶長五年（一六〇〇）に対馬の宗義智に命じて、朝鮮との和平交渉を開始させる。これは家康政権を支えることになった学者、文人、大名たちの秀吉の朝鮮出兵に対する痛烈な批判があったからである。秀吉が朝鮮出兵を始めた時から、彼の政権は自滅の道を進んでいた。

先日、テレビで、秀吉の朝鮮出兵の折り、朝鮮から薩摩に連れて来られた陶工の十四代の子孫・沈寿官《ちんじゅかん》氏が故郷の全羅道《チョルラド》の南原《ナムウォン》を訪れているのを見た。慶長二年八月、秀吉軍は南原城を攻め、城内の人間は男女一人残さず殺し、生け捕られた者はいなかったそうである。この戦いには降倭（朝鮮に降伏し日本と戦う日本兵士）が城内にいて、彼らは朝鮮のために最後まで日本兵と戦い討死した。彼らは歴史に名をとどめることのない無名の者たちだ。この中に秀吉の出兵に大義なしと怒り、自ら朝鮮側に投じて、鉄砲の制作・操作を朝鮮人に教え、朝鮮王朝のために働いた沙也可《さやか》という日本人の武将がいる。彼は朝鮮王から両班《リャンバン》に取り立てられ、金忠善という名を与えられ、大邱近くの友鹿洞《ウロクトン》に領地をもらっている。彼の十四代目の子孫・金在徳氏は友鹿洞で健在である。

私はこの沙也可のことを近い将来書いてみたいと思っている。それは歴史上の著名な英雄・英傑に焦点を当て、彼らの事跡を礼賛するような物語は書きたくない、それらを小説に書けば、英雄・英傑の良いところ取りをして書くことになる、それよりも歴史上の転換点における、その時代の人間の生活、苦悩とその周囲の人々を書きたいと思うからである。

そのような観点から、私は今、次のような小説を構想している。


「落魄」

足利尊氏の室町幕府創設に貢献した九州の三前二島の守護職・少弐頼尚《よりひさ》の晩年。

「玄海の嵐」

前に述べた沙也可についての物語。

「秋月秘話」

秀吉の九州征討で秋月種実の岩石城、益富城が落とされ、秋月種実が楢柴を秀吉に贈り降伏するまで。

「智恵の六左衛門」

筑紫広門の娘・兼姫が花嫁衣装をまとい高橋紹運の岩屋城に押し掛けて、紹運の次男統増に嫁入りさせてもらいたいと申し入れ、統増の妻となる。自分の娘を統増に嫁がせようと思っていた秋月種実が怒り出し、これが島津を筑前に侵攻させるきっかけとなっていく。

「聖杯の旗」

天草・島原の乱下の原城《はらのじょう》で生き残った南蛮絵師、後に原城の副将となった山田右衛門作の生涯。

「あるべき世」

大友一門、立花宗茂の生涯。

「怒りの蟻たち」

明治六年（一八七三）に福岡県で起こった、県民三十万人が参加し、六万数千人が罪を負うた筑前竹槍一揆の物語。

「天倫に恥じず」

秋月藩士臼井亘理《わたり》が明治維新直前に秋月の自宅で殺された。亘理の子の臼井六郎が親の仇を討つ。

「曠野に沈む夕日」

生死の境をさまよった満州難民の物語。

「青年の群像」

ソ連の満州侵入で北満から身体一つで逃げて来た女子供たち。彼らを犠牲的な働きで一年間面倒を見て、日本に連れ帰った青年たちの物語。

「運命の閃光」

日本が泥沼の日中戦争に陥り、大東亜戦争に突入するに至った契機の蘆溝橋事件について。

「下関結婚」

第二次世界大戦終了後、上海から児玉機関が多額の貴金属を持ち帰り、政治家に流し、戦後政界の黒幕になったといわれている。また満州皇帝溥儀の金塊が終戦後、日本の飛行機で国内に持ち込まれた形跡がある。戦争中太源にいた特殊機関の工作員が、その資金の追究をする。

平成十五年二月

松岡沙鷗

小説『火燼』まで

大阪芸術大学名誉教授（美学・文芸学）　山田幸平

松岡沙鷗は、北九州を描いて右に出る者はいないと思われるほどの、時代小説の書き手である。北九州を描けば、古代は言うに及ばず、中世、近世、現代に至るも知らざるものはなく、豪毅な筆が躍り出てくる。この該博な知見を、いったい何時たくわえることができたのか。九州北部の史実を中心において、日本および東洋の歴史を正しく緻密に描こうとする意欲が、何時生れてきたのか。松岡沙鷗を語ろうとするとき、もっとも興味深い問題として、いつも眼前にある。

思うに松岡は、福岡県の山田市、いわゆる筑前の上山田に生を受けるが、この地は、修験道で名高い英彦山の山系の裾野に位置し、北に宗像社のある玄界、南東に天領であった日田を望み、さらに宇佐八幡宮もたえず意識に入ってくる土地柄でもある。松岡の作品にたびたび登場する中世の豪族秋月氏の居城跡も、指呼の間に見えてくる。松岡は、この歴史的風土の滋養を十二分に吸って、青少年時代を過したにちがいない。そして、作品を支える学究的素養は、長じて九州大学法学部に学んだときに得たものだろうと推察している。法学の研究は、社会の制度的考察と政治思想の考察を抜きにしては進まぬものである。ただ、松岡沙鷗にとっては、歴史の研究を直ちに小説というジャンルによって生かすという発想は、初めのうちは生れてはいなかったと思われるふしがある。おそらく長い道程と醱酵の時を要した。

初めに手がけた古代は、松本清張の例を挙げるまでもなく、第一級の想像力と推理の力が要求される。松岡は九大卒業後の銀行勤務のあいだも、たゆみなく資料に目を通していたにちがいないが、おそらく転機は、博多から大阪へ転任したことによって生じた。眼前にいわゆる畿内が、博多および北部九州との自然な対比のうちに、豊かな相貌を現しはじめたのである。前作『埋められた金印』の舞台は、博多と大和であるが、それを古代の丹波から照射してみせたのである。そしてこの第二作『火燼——宗麟と博多屋宗伝』では、北九州と畿内とを鋭く対比させるために、朝鮮半島の存在を浮かび上らせた。キリシタンでありながら、禅や東洋学の素養のある宗伝が、朝鮮進攻を計る秀吉を排し、貿易立国をとなえる大友宗麟を支えようとするこの作品は、まことに松岡らしい知性とヒューマニズムがあふれている。

私は、一九八七年から大阪朝日カルチャー・センターの小説の講座を担当している。数年前から松岡が教室に坐りはじめた。すでに多様なテーマと資料の準備は整って、巧緻な文章の工夫だけが残されている。この講座からは、織田作之助賞、小川未明文学大賞、芥川賞候補などに推された猛者が輩出している。沙鷗もまた時代小説の新しい地平を切り開いてゆくに相違ない。

松岡沙鷗（まつおか・さおう）
1935（昭和10）年，福岡県に生まれる。
1959（昭和34）年，九州大学法学部卒業。
著書に『埋められた金印』（新風舎）がある。
大阪府富田林市在住。

火燼《かじん》
宗麟《そうりん》と博多《はかた》屋《や》宗伝《そうでん》

■

2003年4月5日　第1刷発行

■

著者　松岡沙鷗
発行者　西　俊明
発行所　有限会社海鳥社
〒810-0074 福岡市中央区大手門3丁目6番13号
電話092(771)0132　FAX092(771)2546
http://www.kaichosha-f.co.jp
印刷・製本　有限会社九州コンピュータ印刷
ISBN 4-87415-431-X
［定価は表紙カバーに表示］